GUIDE DE SURVIE EN MILIEU SCOLAIRE

Responsable éditoriale : Kathie Fagundez
Édition : Lucile Lesage
Assistante éditoriale : Mariette Jequier
Correction : Christophe Mata-Julien
Direction artistique et conception graphique de la couverture : Vincent Rioult
Conception et réalisation graphique de l'intérieur : Jean-Louis Massardier
Fabrication : Nicolas Zeifman

ICONOGRAPHIE

Couverture :
Élodie Poux : Elena Ramos © ADAGP, Paris, 2025
Enfants : © Luis Louro/Shutterstock ; motifs ©Winarno23/Shutterstock

Intérieur :
Illustrations de chapitre et icônes : Jean-Louis Massardier
Personnages : © jesadaphorn/Shutterstock
Emojis : © OlivaGreen/Adobestock
Papiers : Oscar Espinosa/Adobestock

92, avenue de France, 75013 Paris
contact@lerobert.com
ISBN : 978-2-32102-097-4

ÉLODIE POUX

GUIDE DE SURVIE EN MILIEU SCOLAIRE

LE ROBERT

SOMMAIRE

«

OBSERVER DES ENFANTS JOUER, VIVRE, GRANDIR, C'EST MERVEILLEUX… COMME MOYEN DE CONTRACEPTION.

»

INTRODUCTION

Bienvenue, camarade de galère !

Si vous tenez ce guide entre vos mains (tremblantes), c'est probablement que vous êtes soit parent curieux / inquiet / désespéré (barrez la mention éventuellement inutile), soit membre de cette espèce (de plus en plus) rare et (de plus en plus) courageuse qu'on appelle le personnel éducatif. Enseignante, Atsem, animatrice, AESH, directrice, agente de service ou éducatrice… toutes ces personnes qui passent leurs journées entourées de petits humains très mignons, très bavards, très collants, souvent bruyants, parfois explosifs… et toujours imprévisibles.

Je vais vous parler dans ce livre de l'école telle qu'elle est réellement vécue par les personnes qui y travaillent à temps plein, sans libération conditionnelle possible. Oubliez les brochures colorées, les vidéos institutionnelles pleines de rires d'enfants et de maîtresses qui sourient en manipulant de la pâte à sel ! Illusions, désillusions : la réalité sera dite.

Parents pour qui l'école est un lieu étrange, peuplé d'êtres inaccessibles, fonctionnant au café tiède et aux photocopies en noir et blanc : je ne vous oublierai pas !

Ce guide de survie, il est pour vous tous et toutes.

Vous y trouverez des astuces, des check-lists, des commentaires absurdes, des trucs utiles, des conseils à moitié sérieux et à moitié fatigués. Ce sera votre kit de secours, compagnon de route d'une année scolaire de plus.

Surtout, au fil de ces pages, vous comprendrez une chose importante. Une vérité toute simple qu'on oublie parfois quand les journées s'enchaînent : les métiers de la petite enfance sont beaux, profondément humains. Épuisants, oui, mais essentiels.
Ce ne sont pas des sinécures. Ce sont des vocations accompagnées d'un peu de folie. Parents, héros et héroïnes du milieu scolaire, vous êtes formidables.

Bonne lecture et… bon courage !

Au féminin

Vous remarquerez que, tout au long de ce guide, j'ai choisi de féminiser les personnes qui peuplent nos écoles : la maîtresse, la directrice, l'AESH… Ce n'est ni une erreur ni un parti pris militant, mais simplement le reflet d'une réalité : ces métiers sont encore, aujourd'hui, exercés en grande majorité par des femmes.

J'espère que ces messieurs ne m'en tiendront pas rigueur et se reconnaîtront malgré tout dans ces pages – qu'ils se rassurent, au jeu de cartes, le valet reste toujours plus fort que la dame… À bientôt pour une bataille !

1

REPÉRAGE DU TER ET IDENTIFI MEN

RAIN
CATION DES
ACES

Bienvenue de l'autre côté du tableau Velleda, là où l'odeur de café brûlé se mêle aux photocopies ratées.

L'école, pour l'enseignante, c'est un peu comme un jeu de société sans règles précises avec des pions qui crient, des dés pipés et des parties qui ne finissent jamais vraiment. C'est un lieu où l'on enseigne le respect pendant qu'un enfant mâche sa manche en criant « ta gu😖le » à une chaise. Un endroit où l'on essaie de transmettre le goût de l'effort pendant qu'on s'épuise à retrouver le bonnet de Kylian qui « était là tout à l'heure, mais en fait non ».

Malgré tout ça, on y revient chaque jour.
Parfois avec le sourire, parfois avec une migraine, souvent avec les deux. Sous les couches de fatigue, de paperasse et de feutres qui ne fonctionnent jamais, il reste en effet un lien invisible : le sens du métier.

Cette partie n'a pas vocation à décourager, seulement à dire la vérité. Et peut-être à faire rire… entre deux biscuits mâchouillés trouvés sous le tapis de jeu.

LES ENFANTS, CES RÉSERVOIRS À BACTÉRIES TROP MIGNONS

QU'EST-CE QU'UN ENFANT ?

Un enfant, c'est une entité bipède plus petite que toi (sauf si tu mesures moins de 1,50 m) qui te paraîtra bien inoffensive au premier regard. Erreur ! Cette créature est capable de renverser l'eau contenue dans une bouteille fermée, de fondre en larmes parce qu'on est mardi et de poser cent trente-sept questions avant 9 h 04 sans reprendre son souffle. Il s'agit d'un spécimen à haut potentiel de déstabilisation. Sa mission secrète est de tester la solidité mentale de l'adulte et de pousser à bout les systèmes nerveux jusqu'à ce que quelqu'un craque (spoiler : ce sera toi).

Attention : l'enfant est rusé ! Il dégaine des phrases apparemment innocentes, du type : « Maîtresse, t'as un bébé dans le ventre ou t'as juste mangé trop de frites ? » Le pire est qu'il pense sincèrement faire un compliment.

Son instinct est redoutable, il sait exactement à quel moment tu approches ta tasse de café de ta bouche – c'est à cet instant que surgit la question existentielle : « Maîtresse, est-ce que Dieu, il a un chien ? » L'enfant dispose d'une mémoire et d'une compréhension ultrasélectives : il oublie qu'il doit ranger sa table, mais jamais que tu as dit « prout » en lisant un livre en novembre 2021 ; « range ton bureau » déclenche une inertie absolue alors

que « c'est la récré ! » provoque une explosion d'adrénaline collective. Méfie-toi : cette réactivité soudaine est susceptible de causer des mouvements de foule.
L'enfant est doté également de compétences paranormales : il peut faire tomber sa trousse sans la toucher, affirmer n'avoir aucun devoir alors qu'ils sont notés en rouge, entourés, soulignés, fluotés, projetés en hologramme et écrits en police 54 sur le tableau. À ce niveau, ce n'est plus de l'oubli : c'est du sabotage.

L'enfant vit dans un paradoxe permanent :
« Je suis plus un bébé, maîtresse ! »
Cinq minutes plus tard : « J'ai perdu ma main !
Ah non, elle était dans ma manche. »
Ah Ah Ah Ah.

L'enfant est un émotif : il pleure pour une règle cassée, éclate de rire parce que tu as dit « anus » au lieu de « Uranus » et te regarde avec un amour inconditionnel dès que tu lui laisses effacer le tableau. Il peut s'offusquer d'un regard anodin puis te sauter au cou, morve au vent, avec l'intensité d'un soldat retrouvant sa patrie. Il rit pendant vingt minutes parce que quelqu'un a éternué bizarrement, mais s'effondre en sanglots si le feutre rouge disparaît (feutre qui est pourtant dans sa poche).
Dans ses heures les plus sombres, l'enfant colle des chewing-gums sous la table, cache des billes dans ses chaussettes ou simule une toux digne d'un tuberculeux du XIXe siècle pour échapper à la dictée. Mais parfois – parfois –, il t'offre un collier de pâtes, te dit qu'il a rêvé de toi en super-héroïne ou écrit « je t'adore maîterce » sur un coin de brouillon entre deux bouchées de pâte à sel.

Voilà. Un enfant, c'est ça.

À QUOI RECONNAÎTRE UN ENFANT ?

Un enfant se repère très vite. Il n'est pas une légende. Un enfant, c'est petit, bruyant et imprévisible. Il déborde, littéralement. De morve, d'impatience, de secrets de famille, de bonbons en morceaux, de taches sur ses vêtements. Il laisse derrière lui une traînée de colle, de sucre collé au doigt et une odeur persistante d'injustice hurlée à pleine puissance vocale. Ne te laisse pas attendrir : c'est son camouflage.

Sa démarche est un mélange de course sans frein et de sauts de cabri en descente de trottoir (ou d'organe) potentiellement dangereux pour les chevilles environnantes. Il entre dans une pièce comme une tornade, renverse ce qui dépasse, touche à tout et s'agrippe à toi dès que son cerveau amorce une pensée. On n'est jamais à l'abri d'un coude dans la rate au moment d'une soudaine prise de conscience grammaticale.

Reconnaître un enfant, c'est aussi savoir décrypter ses techniques de dissimulation. Spécialiste du mensonge de bas niveau, il est capable de dire « c'est pas moi » en pleine action, les doigts plongés dans la trousse du voisin et les yeux plantés dans les tiens. (En plus, c'est flippant ; il ne cligne jamais des yeux… genre *jamais*.)

Ne baisse surtout pas la garde.

Accessoires typiques de l'enfant : sac trop lourd, vêtements jamais assortis, gants orphelins et chaussures systématiquement inversées.

⚠ N'oublions pas le pouvoir dévastateur du langage : il répète tout. Les gros mots, les ragots, les crises conjugales entendues le matin au petit-déj'. Un enfant est une balance à haut potentiel.

QUELS SONT LES DIFFÉRENTS SPÉCIMENS ?

Ils sont parmi nous. En apparence, ce sont tous des enfants. Ne t'y trompe pas : chacun d'eux possède une capacité bien spécifique et létale pour ta patience, ton rythme cardiaque et ta santé mentale.
Voici un aperçu, non exhaustif, des huit espèces les plus fréquemment rencontrées en cours d'année scolaire.

Le perroquet

- **Caractéristiques :** Répète tout. Littéralement. Et pas qu'une fois !
- **Danger principal :** Propagation de tes moindres paroles comme des communiqués officiels à l'ensemble de l'école, y compris quand tu as dit : « Je vais exploser si quelqu'un bouge encore une chaise. »
- **Conseil :** En sa présence, ne parle pas trop fort, ne pense pas à voix haute, ne respire pas bruyamment. En cas de danger absolu, tourne ta langue sept fois dans la bouche sans t'arrêter (jusqu'à l'arrêt complet des symptômes).

Le gluant affectif

- **Caractéristiques :** S'attache à toi comme une sucette collée sous les fesses.
- **Danger principal :** Manipulation émotionnelle. Il te dit « je t'aime » toutes les dix minutes, te fait des câlins morveux et t'offre des dessins flippants de toi en sirène.
- **Conseil :** Ne t'attendris pas trop. C'est une tactique. En plus, il est souvent contagieux.

L'amnésique sélectif

- **Caractéristiques :** Oublie tout sauf ce qu'il ne faut pas retenir. Il oublie sa trousse, ses devoirs, son prénom parfois, mais il se souvient parfaitement que tu as éternué dans ta manche au mois de février.
- **Danger principal :** Déni de réalité.
- **Conseil :** La seule chose à faire est de soupirer. Une fois. Profondément.

Le contorsionniste de la loi

- **Caractéristiques :** Négocie tout, tout le temps.

> « Mais on n'avait pas dit que SI j'avais fini mon exercice ET que j'étais allé aux toilettes, ALORS j'avais le droit de PAS ranger ? »

- **Danger principal :** Fatigue mentale aiguë.
- **Conseil :** Surveille-le de près, il finira avocat… ou dictateur.

Le détecteur de failles

- **Caractéristiques :** Repère les faiblesses des adultes grâce à son sens ultradéveloppé.
- **Danger principal :** Sabotage. Il sait précisément à quel moment le moins approprié poser une question existentielle (« Est-ce que les insectes, ils savent qu'ils sont des insectes ? ») : par exemple, quand tu commences à te détendre ou que tu essaies de sortir le Playmobil de la bouche de Kevin.
- **Conseil :** Ne le laisse pas connaître tes failles. Si tu es en super forme, simule la grosse déprime : il attaquera à ce moment-là, te croyant faible. Erreur ! Tu auras alors toutes tes capacités mentales et physiques pour le rembarrer. Ah ah ah, tu t'attendais pas à ça, hein ?

La boîte à meuh

- **Caractéristiques :** Émet des sons indéfinissables sans interruption. Cliquetis, soufflements, bruits de bouche, imitation de klaxon ou de mouette en détresse, pets (réels et simulés). On ne sait pas pourquoi. Lui non plus. C'est son langage.
- **Danger principal :** Érosion des nerfs.
- **Conseil :** Mets un fond musical dans la classe ou parle très fort pour couvrir.

L'enfant en liberté conditionnelle

- **Caractéristiques :** Bouge sans cesse, sauf quand il dort (et encore). Il est capable de tomber de sa chaise, de faire tomber les autres de leurs chaises, de t'accuser d'avoir bougé les chaises.
- **Danger principal :** Accident industriel.
- **Conseil :** Porte un casque, sécurise la zone et garde toujours des pansements à portée de main.

Le stratège du « pas fait »

- **Caractéristiques :** N'a « pas compris », « pas eu sa feuille », « pas eu de stylo », « pas su qu'il y avait un cahier ».
- **Danger principal :** Dissolution de ta foi en l'humanité.
- **Conseil :** Respire profondément, n'entre pas dans son jeu, ignore-le comme on ignore l'appel d'un ex.

Chaque enfant est unique. Mais chaque type d'enfant possède un système de défense sophistiqué : l'innocence apparente. Ne t'y fie pas. Ils sont redoutables, parfaitement rodés et souvent très attachants. Et c'est là tout le danger.
On ne les dompte pas.
On les supporte.
On les aime.
On espère simplement survivre jusqu'au mois de juillet.

COMMENT LES ENFANTS SE COMPORTENT-ILS EN MILIEU SCOLAIRE ?

L'enfant en milieu scolaire évolue dans un habitat qu'il considère comme le sien. À tort. Il se comporte comme s'il était le propriétaire de la classe, l'architecte de l'école et parfois même le ministre de l'Intérieur. Une fois le territoire reconnu, les limites physiques et émotionnelles testées, il prend pleinement possession du terrain.

Instinct territorial

L'enfant choisit son bureau comme un chat choisit un coin de canapé : définitivement, viscéralement, violemment. Il mord symboliquement tout intrus : « C'est MA place ! » Tu lui expliques qu'une chaise en plastique n'appartient à personne, mais trop tard, tu as perdu : il a marqué le territoire avec des crottes de nez, une semelle sale et une étiquette autocollante collée au sol. Définitif.

Comportement de groupe

Seul, un enfant peut être gérable. En groupe, non.
Coordination non verbale, regards entendus, transmission d'informations via des couinements : c'est une meute sauvage. Par exemple, un bruit bizarre déclenche un rire général. L'annonce d'un contrôle surprise ? Une panique collective. Tu ne maîtrises plus rien. Tu es observée, dépassée, tolérée.

Réflexe de camouflage

Dès qu'une consigne est donnée, l'enfant active son système d'invisibilité partielle : il regarde dans le vide, fait semblant d'écrire ou lève la main au hasard pour faire diversion.
Le « je ne savais pas qu'il fallait faire ça » est un mécanisme de défense intégré efficace contre toute tentative de sanction.

Reproduction spontanée du bruit

Le calme n'est jamais naturel. Il est soit artificiel (après une menace), soit suspect (prépare-toi à une bêtise de grande ampleur).
L'enfant, dans son environnement naturel, crée du bruit en continu : tapotements, raclements, grognements, soupirs, bruitages de jeux vidéo, effets sonores de bouche. Il est son propre orchestre, et toi son public non consentant.

Gestion des ressources

Le crayon tombe onze fois par jour. L'enfant n'a jamais de gomme. Il a mangé sa colle. Son estomac, en revanche, demande du flux toutes les quarante-cinq minutes, même après deux pains au lait. Il gère mal l'eau, la lumière et l'espace personnel. Il respire sur toi quand il lit. Il colle, dans tous les sens du terme.

Rituels de survie

- Aller aux toilettes sans réelle envie.
- Demander un pansement pour un bobo imaginaire.
- Lever la main juste pour dire : « Je sais pas. »

Ces comportements sont destinés à rompre le cours normal de l'apprentissage et à établir sa domination sur l'espace-temps pédagogique.

Contacts physiques involontaires (et dangereux)

Un enfant se cogne, tombe, pousse, tape, caresse, tire. Pas toujours volontairement, mais suffisamment souvent pour que tu développes des réflexes de ninja : esquive de coudes, slalom entre sacs, parade face aux câlins baveux.

Manipulation émotionnelle de la proie adulte

- Regard embué de larmes.
- Dessin « pour toi » avec six cœurs, même si tu viens de le punir.
- Déclaration poignante : « T'es comme une maman, mais en moins sévère. »

Et voilà. Tu es fichue. Et demain, rebelote.

Dans son milieu familier, l'enfant prend ses aises, étend son influence et déploie toutes ses stratégies de domination et de diversion. L'enseignante n'a que deux options : faire semblant de gérer ou gérer en faisant semblant.

Malgré tout, même dans ce territoire hostile, il arrive qu'un regard, une phrase, un rire sincère te donnent envie de rester un jour de plus. Et ça, c'est probablement le piège le plus dangereux de tous.

LES PRÉNOMS À COUCHER DEHORS EN SLIP PAR TEMPS DE PLUIE

Contrairement à ce que l'on pourrait penser, l'un des aspects les plus compliqués de la vie du personnel éducatif n'est pas la gestion du bruit ou la fatigue physique, mais bel et bien l'exploit de retenir certains prénoms que l'on serait en droit de qualifier de sanction.

Or, retenez toujours les prénoms, cela peut vous sauver la vie en cas d'attaque. Par exemple, si vous criez : « Couché, Dorothée ! » et que c'est en réalité Constantine qui est en train de vous croquer la jugulaire, vous y passez, c'est ballot !

Masturbin

Souhaitons-lui beaucoup de plaisir, et qu'il ne soit pas trop solitaire.

Clitorine (sœur de Masturbin)

Nous sommes sans voix.

Vasectomia

Tout laisse à penser que cette grossesse n'était pas hyper attendue.

Bleu-Océan

C'était une série de l'été dans les années 2000, je crois.

Douie-Christ

Sans doute le cousin de Jean-Jésus.

Parfait

Il part avec une grande pression sur les épaules.

MacKinley

C'est pas une marque de mug géant ou de poussette américaine, ça ?

Bulle

Espérons qu'elle en sortira de temps en temps.

Jeanne-Neige

Sans commentaire.

Lila-Myrtille

Cousine de Lily-Fraise.

Bruce-Lee

Ne se fera jamais piquer son goûter dans la cour de récré.

Alkapone

Aura sans doute des remarques sur son comportement et faudra pas venir s'en plaindre.

Clitis

Parents fans de Clitis Wood.

Merline

Comme Merline Monroe ?

Benjapierre

C'est parfois dur de faire des choix.

Louboutin

Il a dû coûter cher !

Euthanasia

Célébrons la vie !

Utérin

Faut couper le cordon, madame !

Djaïzonne

Ah la la la la...

Zac-Harry

Pourquoi pas ?

Djustineh

On est sûrs de l'orthographe ?

Nutella

Dix-huit minutes de plaisir, Dix-huit ans sur les bras.

LES PARENTS, CES SYNDROMES DE STOCKHOLM AMBULANTS

QU'EST-CE QU'UN PARENT ?

Le parent est une créature bipède adulte qui surgit aux abords de l'école à des moments clés : rentrées, réunions, veilles de vacances et surtout quand ce n'est pas le moment. On le reconnaît à son regard inquiet-méfiant-soupçonneux et à sa phrase d'introduction : « On peut se parler deux minutes ? » (Spoiler : ça ne dure jamais deux minutes.)
Le parent croit que tu as le don d'ubiquité, de patience éternelle et de pouvoir de résurrection sur cahier perdu (spoiler : non). Il possède une croyance profondément ancrée : son enfant est unique, exceptionnel, lumineux. Et toi, enseignante, tu es l'heureuse gardienne de cette lumière. Ton rôle est de stimuler l'enfant, de le révéler, de le guérir de tous ses maux réels ou inventés. Le danger principal face au parent est qu'il oublie un détail : tu n'as pas qu'un seul élève, tu en as une meute. Mais, pour lui, les autres enfants ne comptent pas. Ils sont du décor. Des figurants. Des perturbateurs qui gênent l'épanouissement de Jules-Hugo ou de Rose-Lou.

Réflexes de survie :

- Apprendre à sourire tout en serrant la mâchoire.
- Ne jamais dire : « Je fais ce que je peux. » (Ça les rend fous.)
- Toujours avoir un stylo sous la main pour griffonner un faux compte rendu si besoin d'évasion mentale urgente.
- Se répéter en boucle : « Ils aiment leur enfant. Beaucoup. Trop. Ce n'est pas personnel. »

Le parent n'est pas un ennemi, mais il faut l'approcher avec précaution, diplomatie et une réserve de tisanes antistress.

Mais si par miracle, un jour, l'un d'eux te dit : « Merci pour ce que vous faites », alors là tu signes pour une année de plus. Même si Rose-Lou a encore pleuré parce que tu as utilisé le mot « non ».

À QUOI RECONNAÎTRE UN PARENT ?

Un style vestimentaire qui tente de survivre quelque part entre le confortable et le pratique. Le cheveu terne, la patience qui a trouvé ses limites depuis longtemps. Tels sont les attributs du parent. On pourrait croire que plus il possède d'enfants, plus il est fatigué, mais que nenni ! Tu en trouveras des pimpants qui ont six enfants et des presque morts qui n'en ont qu'un. Les enfants sont comme les restaurants, ils ne se valent pas les uns les autres.

Le parent est toujours sur le qui-vive pour empêcher sa progéniture de faire ce pour quoi elle est la plus douée, c'est-à-dire se tuer bêtement. Son cerveau ne peut vivre le moment présent qu'en de très rares occasions, tant il est continuellement en train de prévoir le futur. En effet, il peut rattraper son enfant in extremis alors qu'il allait sauter d'un mur de trois mètres tout en dressant mentalement sa liste de courses pour le pique-nique du lendemain au musée de la Roulette russe.

QUELS SONT LES DIFFÉRENTS TYPES DE PARENTS ?

Il existe de nombreux types de parents. Ils sont tous facilement reconnaissables, on les croise devant les grilles de l'école, au parc, lors des réunions de rentrée scolaire. En tant que personnel éducatif, apprends à les reconnaître de loin afin d'adapter ton comportement, cela sera utile à ta survie.

Le parent parfait

On dit souvent que les parents parfaits sont ceux qui n'ont pas encore d'enfants, détrompe-toi ! Ils sont rares, mais ils existent bel et bien : c'est celui que tes collègues et toi rêvez de côtoyer. Le parent parfait est à l'heure pour déposer comme pour récupérer sa progéniture. Il est gentil et poli. Il s'intéresse et s'implique dans la vie scolaire de son enfant, mais sans empiéter sur ton travail. Les affaires de ses enfants sont toujours marquées de leur nom de manière lisible et visible. Ils ont leur sac de piscine et rapportent leurs livres de bibliothèque le jeudi, car la bibliothèque, c'est le jeudi.
Le parent parfait, c'est celui qui répond présent pour accompagner les sorties, même si elles ont lieu au musée du Polystyrène expansé (c'est dans le Loir-et-Cher, n'y va jamais). Il ne râle pas lorsque le jean de son gosse est troué, car il sait que les enfants peuvent trouer leur jean en jouant ; d'ailleurs le jean n'était pas cher tout exprès. Aaaaaaah, rien que d'écrire ces lignes, je ressens une grande satisfaction !

Le parent basique

C'est le plus commun des parents. Tu le vois de temps en temps, à quelques réunions. Il passe une tête à la fête de l'école, oublie parfois de signer des papiers. Si tu ne le sollicites pas, il ne t'embête pas. Il râle de temps en temps pour une grève qu'il juge inutile ou une note qu'il juge trop basse, mais, comme le chien des vieilles mémères, il aboie sans mordre.

Le parent chelou

Il s'agit du parent dont tu te souviendras toujours. Porté sur l'alcool ou les voitures tunées, son arrivée à l'école est souvent précédée d'un « oh non pas lui » et son départ suivi de soupirs de soulagement mal dissimulés.
Il parle trop fort, arrive trop tôt et part trop tard. Lorsqu'il vient à un rendez-vous, c'est la veille du rendez-vous ; le lendemain, jour du rendez-vous, il ne vient pas. Pour la kermesse, il offre comme collation du gratin dauphinois d'un aspect douteux.
Ses enfants ont des cartables en bois et des chaussures en mousse. Ils ont des prénoms imprononçables et sont eux-mêmes super chelous. Ne cherche pas à comprendre, ce serait une perte de temps.

Le parent insupportable

C'est celui avec lequel tu ne veux aucun contact. Tu préfères mettre 10/10 à son enfant plutôt que de voir débarquer cet énergumène dans ta classe. Il n'est jamais satisfait de quoi que ce soit, veut tout savoir, tout contrôler. Il rêve secrètement de diriger l'école. Il a écrit tellement de mots dans le carnet de correspondance que celui-ci ressemble à un bottin.

Son enfant ne doit jamais être sanctionné, jamais repris. Il doit toujours être placé au premier rang, soi-disant qu'il ne voit pas bien, en fait c'est pour qu'il soit assis à côté des Louis-Édouard et des Marie-France. S'il vient à une sortie, c'est uniquement pour te surveiller, toi, et ensuite envoyer un e-mail détaillant tout ce que tu aurais pu mieux faire, c'est-à-dire tout.
Le parent insupportable est toujours présent aux réunions et monopolise le temps de parole. Il trouve à redire à tout : bâtiments, matériel, sécurité, nourriture, choix des programmes.
La seule raison pour laquelle ce parent est encore en vie, c'est parce que l'homicide avec préméditation est puni par la loi. (Ce petit rappel est nécessaire, il faut que tu tiennes le coup encore un peu à cause de la pénurie des enseignantes !)

Le parent fourbe

Méfiance et vigilance sont les maîtres mots de la survie en milieu scolaire, ce qui est d'autant plus vrai face au parent fourbe, plus répandu qu'il n'y paraît. Sous des abords sympathiques et souriants se cachent le vice et la méchanceté à l'état pur.
Le parent fourbe est le madame Oleson des parents d'élèves. Il te dira toujours « bonjour » et « merci » avec un grand sourire, allant même jusqu'à te féliciter en public pour le merveilleux travail que tu as réalisé avec les CM2 sur le thème des Indiens. Par-derrière, c'est une autre histoire. Il connaît par cœur le numéro du rectorat et n'hésite jamais à l'utiliser pour se plaindre de toi sous des prétextes aussi tordus que farfelus. Il cache des micros dans les couettes de sa fille et des caméras dans son goûter. ⚠ Fuis, il te veut du mal.

Chers parents,

Travailler avec des enfants, c'est avant tout choisir un métier de contact. Un contact humain, chaleureux, parfois encourageant… parfois équivalent à un coup de pelle dans le dos. Cela dépend surtout de qui vous parle et dans quel état émotionnel.

Car l'enseignante rencontre rarement « un parent ». Elle rencontre une équipe censée être unie, mais qui oscille entre coordination bienveillante et règlement de comptes postdivorce, avec l'enseignante en dommage collatéral.

Parfois, vous arrivez soudés, avec le regard complice et un classeur bien rempli. Parfois, vous ne vous parlez plus depuis longtemps, sauf pour vous mettre d'accord sur le moment où me remettre en question.

Dans cette danse étrange, je dois lire entre les lignes : le parent qui me dit « on vous fait confiance », mais serre les dents ; celui qui m'appelle « maîtresse » comme s'il allait me demander de partir en week-end avec lui dans le dos de sa femme ; ou celui qui me regarde comme si j'avais ruiné la future carrière d'un Mozart en herbe.

Dans tous les cas, je souris, je hoche la tête, je prends des notes mentales sur un cahier imaginaire et je prie pour qu'il y ait du rab de compote à la cantine.

Je fais au mieux. Pour votre enfant. Pour tous les autres. Et pour ma santé mentale aussi.

Bien à vous,

Une enseignante
(encore en vie, pour l'instant).

LE KIKI
QUI A DIT ÇA ?

RÈGLE DU JEU

1. Lis les citations ci-dessous.
2. Devine quel type de parent a prononcé quelle citation (je t'ai mis un petit résumé pour rappel).
3. Vérifie tes réponses en bas.

LES CITATIONS

1

« Vous avez noté Marie-Grupine 4/10 ? Vous avez une dent contre elle ou c'est personnel ? »

2

« Ah bon ? Dix minutes de retard ? Oh bah ça va. On a un rythme à nous, voilà tout. »

3

« Franchement, je ne pourrais pas faire ce que vous faites. C'est formidable. Bon courage, hein. »

4

« Non, mais entre nous, les autres parents sont jaloux parce qu'on s'investit vraiment, nous. »

5

« J'ai croisé la directrice par hasard. Je lui ai dit à quel point je vous trouve formidable malgré vos retards quotidiens... D'ailleurs, je crois qu'elle veut vous dire un mot de toute urgence. »

LES PROFILS

A — Le parent parfait

Le parent parfait, c'est celui qui est sympa, gentil, poli. C'est celui qui s'intéresse et s'implique dans la vie scolaire de son enfant, mais sans empiéter sur ton travail.

B — Le parent basique

C'est le plus commun des parents. Si tu ne le sollicites pas, il ne t'embête pas. Il râle de temps en temps, mais comme le chien des vieilles mémères, il aboie sans mordre.

C — Le parent chelou

Lorsque le parent chelou vient à un rendez-vous, c'est la veille du rendez-vous ; le lendemain, jour du rendez-vous, il ne vient pas. Ne cherche pas à comprendre, ce serait une perte de temps.

D — Le parent insupportable

C'est celui avec lequel tu ne veux aucun contact. Il n'est jamais satisfait de quoi que ce soit, veut tout savoir, tout contrôler.

E — Le parent fourbe

Le parent fourbe est le madame Oleson des parents d'élèves. Voilà, tout est dit !

SOLUTIONS

1 → D. **Le parent insupportable** (petit rappel : l'homicide est puni par la loi) : « Vous avez noté Marie-Grupine 4/10 ? Vous avez une dent contre elle ou c'est personnel ? »

2 → C. **Le parent chelou** (n'essaie pas de le comprendre) : « Ah bon ? Dix minutes de retard ? Oh bah ça va. On a un rythme à nous, voilà tout. »

3 → A. **Le parent parfait** (espèce rare, à protéger) : « Franchement, je ne pourrais pas faire ce que vous faites. C'est formidable. Bon courage, hein. »

4 → B. **Le parent basique** (qui a eu un sursaut d'implication) : « Non, mais entre nous, les autres parents sont jaloux parce qu'on s'investit vraiment, nous. »

5 → E. **Le parent fourbe** (attention, il sourit beaucoup) : « J'ai croisé la directrice par hasard. Je lui ai dit à quel point je vous trouve formidable malgré vos retards quotidiens... D'ailleurs, je crois qu'elle veut vous dire un mot de toute urgence. »

LES COLLÈGUES, CES ACOLYTES À CHOUCHOUTER (OU PAS)

Elles sont les autres, celles qu'on adore, même si elles ne nous rendent pas toujours service[1]. Hiérarchie, collègues, directrices, personnel de restauration, animatrices périscolaires… pas de doute, elles nous aident à mener à bien nos journées sans devenir totalement frappadingue[2].

LA DIRECTRICE

C'est la capitaine d'un navire de pirates dont les pirates ont entre 3 et 11 ans, des poux et des dents en moins. Elle doit remplir quatre cent soixante-treize formulaires durant sa journée avant de lever l'ancre. (Ce qui fait beaucoup d'encre.)
Le matin, elle arrive avant tout le monde avec l'illusion que la journée sera calme. À peine le café posé, une ampoule a explosé, Kevin a coincé sa tête dans une chaise et la photocopieuse, cette traîtresse, a encore décidé de griller en pleine inspection académique.
Sa journée alterne entre réunions avec l'inspection, parents mécontents parce que « la cantine a mis des brocolis », conflits de billes en récréation (une des billes a fini dans un orifice) et enseignantes à bout qui viennent la voir comme on va voir une druidesse.

1. Ou plutôt, tes journées seraient plus faciles sans elles, même si parfois tu es bien contente qu'elles soient là.
2. Ou t'empêchent de mener à bien tes journées et te rendent frappadingue. Ça dépend des collègues, ça dépend des jours !

La directrice est successivement cheffe d'orchestre, plombière, informaticienne, psychologue, responsable RH, médiatrice de l'Onu et parfois père/mère de substitution pour un élève qui a perdu son goûter ET sa dignité en tombant dans un caca de chat planqué sous le sable du bac à sable.

Le ~~jargon~~ langage de la directrice

Ses rapports sont plus longs que les récréations et chaque mot est choisi avec la précision d'une chirurgienne sous Lexomil. C'est comme un code secret : on n'enseigne pas, on « met en œuvre des situations d'apprentissage » ; les élèves ne bavardent pas, ils « interagissent spontanément dans un climat propice à l'expression orale » ; un élève qui dort en classe est « en phase de récupération cognitive autonome ». La professeure, elle, n'enseigne plus. Elle « accompagne les apprenants dans une démarche d'appropriation progressive des compétences socle ». Autrement dit, elle fait cours en espérant que quelqu'un l'écoute.

L'AGENTE TERRITORIALE SPÉCIALISÉE DES ÉCOLES MATERNELLES (ATSEM)

L'Atsem, cette héroïne masquée sans masque, mais avec un tablier taché de peinture, de compote et parfois d'autres choses dont on préfère ignorer la provenance, est un peu le couteau suisse de la maternelle, version licorne aux nerfs en titane.

Le matin, elle accueille des minihumains en larmes, le haut à l'envers, avec une mèche de chocolat et une narine dégoulinante. Son job est de faire tout. Absolument tout. Nettoyer un pipi pendant qu'elle installe les pots de peinture, aider à mettre vingt-quatre blouses, consoler une crise existentielle parce que « César-Athéna a cassé ma tour de cubes » et tout ça en chantant *Une souris verte*.

Lors des repas, elle est la gardienne du yaourt renversé, la médiatrice des disputes : « Robin-Galaté, il a plus de frites que moi ! » Elle sait gérer les conflits avec l'art diplomatique d'une ambassadrice de l'Onu.

Si la sieste est théoriquement un moment calme, c'est en réalité une guerre froide de doudous et de « j'ai pas sommeil » pendant que l'Atsem marche sur la pointe des pieds comme si elle désamorçait une bombe (spoiler : c'est le pet d'une petite section qui a réveillé tout le dortoir).

L'après-midi est dédié au rangement, à la désinfection et au coup de balai final pendant que l'enseignante prépare les photocopies en disant : « Merci beaucoup, je sais pas comment je ferais sans toi. » Et elle a raison.

Le ~~jargon~~ langage de l'Atsem

Elle communique dans une langue bien à elle : un subtil mélange de pédagogie, de douceur et de : « Je vais péter un câble si quelqu'un me remet encore de la purée dans les cheveux. » Ce que dit l'Atsem : « On va se calmer et on va TOUS aller s'asseoir sur le tapis, tranquillement. » Traduction : « Asseyez-vous avant que j'en prenne un pour taper sur l'autre. »

Le langage Atsem, c'est tout un art de la négociation : « Lucas, tu veux bien poser cette crotte de nez par terre et venir mettre ton manteau Pat' Patrouille made in China gentiment ? »

Mais son langage préféré, c'est celui de la propreté : « Oh non, encore un petit accident… Allez, on va aller chercher une culotte magique ! » Traduction : « Tu viens d'arroser le coin poupées et maintenant je vais devoir te changer en équilibre sur un tabouret pendant que tu cries que c'est froid. »
Son moment préféré ? 16 h 30, quand elle remet fièrement les enfants aux parents : « Alors aujourd'hui, Vayanah a beaucoup participé ! (Surtout au lancer de pâte à modeler.) Lenny-Cole a eu une petite difficulté au moment du rangement (il s'est transformé en spaghetti vivant). Et Noa… Noa a goûté une chenille. » Et là, elle sourit aux enfants en disant calmement : « Bonne soirée, à demain ! » Traduction : « Je vais maintenant aller m'effondrer dans ma voiture en écoutant du silence. »

~~L'AGENT D'ESPOIR SANS HEURES SUPPLÉMENTAIRES ?~~ ~~L'ÂME EN SURVIE HÉROÏQUE ?~~ L'ACCOMPAGNANTE D'ÉLÈVES EN SITUATION DE HANDICAP (AESH)

Être AESH, c'est un peu comme être un Shiva humain qui n'aura jamais assez de bras pour tout faire.
Matinée typique de l'AESH : elle arrive à l'école avec l'énergie d'un ninja qui a dormi sur des clous, elle s'apprête à jongler entre ses emplois du temps dans plusieurs écoles, les besoins spécifiques de ses élèves et les surprises quotidiennes (parfois collantes, parfois bruyantes, toujours imprévisibles).
Son élève type : un concentré d'amour et de défis. Il peut te parler de dinosaures pendant quatre heures, se cacher sous une table ou décider que les maths, c'est mieux en chantant.
Son rôle : psychologue, traductrice de consignes, pare-chocs émotionnel, GPS scolaire. Elle fait le lien entre l'élève, l'enseignante, la famille, l'auxiliaire de vie scolaire de l'année dernière et parfois la vie elle-même.
Sa rémunération : moins qu'un Smic et une reconnaissance qui va de « tu fais quoi déjà ? » à « ah oui, tu joues avec les gosses ! ». En compensation d'un salaire pas ouf, les primes sont sympas : sourires, mercis, etc. Même si on est d'accord que ça ne paye pas le loyer !
Bref, être AESH, c'est un job de l'ombre sans lequel la lumière ne brillerait pas pour ces élèves-là.

L'ANIMATRICE PÉRISCOLAIRE

Cette créature mystique – mi-magicienne, mi-flic, mi-clown – prend le relais quand les enfants sont déjà bien échauffés par leur journée et les enseignantes en fuite vers la salle des maîtres. Son terrain de jeu est une salle aux murs décorés de cauchemars graphiques et une cour de récré où la météo décide si elle sera animatrice, maître-nageuse ou arbitre de combat de boue.

Son job est d'occuper les enfants dont les parents travaillent tard ou ont la flemme de venir les chercher plus tôt.

Elle doit :

- organiser un jeu collectif où personne ne pleure (mission classée top secret par l'Onu) ;
- éviter qu'un enfant ne repeigne sa veste avec du feutre lavable (qui n'est jamais lavable) ;
- gérer les parents qui arrivent comme des touristes en safari : « Alors ? Il a été sage aujourd'hui ? » pendant que leur enfant, en slip et avec une main pleine de pâte à modeler, hurle : « JE RENTRE PAAAAAS ! »

L'animatrice périscolaire sourit, rassure, range, retrouve des gants orphelins et termine sa journée avec de la peinture sur les coudes et la fierté discrète d'avoir survécu.

LA MÉDECIN SCOLAIRE

La médecin scolaire, c'est un peu comme le yéti : tout le monde en parle, peu l'ont vue et on se demande souvent si elle existe vraiment. Et pourtant… elle est là, dans l'ombre de l'Éducation nationale, armée de son stéthoscope, de son stylo rouge et d'une patience surhumaine.

Son rôle officiel est de surveiller la santé des élèves, de prévenir les troubles, de faire passer des bilans de santé. En vrai, elle répond à cinquante e-mails par jour, court entre douze écoles avec une valise médicale qui pèse autant qu'un élève de CE1, explique pour la 483e fois que, non, elle ne peut pas prescrire des antidépresseurs pour « le rhume de la maîtresse » et tente de faire des bilans auditifs dans une classe de maternelle en pleine répétition de *Petit Escargot.*

Elle a pour outils un audiomètre qui date de Mitterrand, un bureau partagé avec l'infirmière et la psychologue scolaire, et une chaise qui grince plus fort que les enfants.

Parfois inquiets, parfois dans le déni, parfois en conférence Zoom, parfois jamais là, les parents sont quand même toujours partants pour demander : « C'est normal qu'il ne parle pas à 6 ans ? Vous pouvez lui faire un test de QI vite fait ? »

Bref, être médecin scolaire, c'est la santé publique version *Tetris* : elle fait ce qu'elle peut avec ce qu'elle a pour que tous les enfants puissent apprendre, même avec une angine, un strabisme et une crotte de nez au coin de la bouche.

Le ~~jargon~~ langage de la médecin scolaire

C'est un dialecte mystérieux, compris uniquement après un stage de six mois en traduction simultanée santé-éducation. Prenons une situation courante : quand l'élève dit qu'il a mal au ventre juste avant un contrôle de maths, la médecin scolaire écrit : « Élève présentant une symptomatologie digestive non spécifique, potentiellement d'origine psychosomatique en lien avec une situation anxiogène. » Traduction : « Antonin-Akilina, il stresse parce qu'il n'a pas révisé ! »

LA PSYCHOLOGUE DE L'ÉDUCATION NATIONALE

Cette héroïne discrète (encore une) qui, armée de stylos à encre bleue, de bilans psychométriques et d'un sourire compatissant, tente de comprendre ce qui se passe dans la tête d'enfants de 3 à 11 ans… tout en répondant à quatorze demandes par jour sur trois écoles différentes, sans jamais perdre son calme (en apparence).
Son bureau est un havre de paix coincé entre la salle de photocopies et un local poubelle, décoré avec trois dessins de bonshommes sans bras, une plante morte depuis deux ans et un fauteuil ~~miteux~~ vintage récupéré au fond de la mairie.

Sa journée type :

- 9 heures : Bilan pour une élève qui « ne parle pas français, mais une langue que personne ne connaît ».
- 10 h 30 : Réunion d'équipe où on lui demande de résoudre la crise existentielle du système scolaire en douze minutes chrono, tout en faisant du café.

- 14 heures : Test de QI avec un enfant qui passe son temps sous les tables à rebaptiser les cubes de test Jean-Claude et Maryline.
- 16 heures : Rédaction de douze comptes rendus, de huit synthèses et d'une lettre diplomatique pour expliquer que non, un enfant qui ne tient pas en place n'est pas automatiquement à « haut potentiel ».

Grâce aux parents qui la regardent comme si elle était Gandalf (« Vous saurez ce qu'il faut faire, n'est-ce pas ? »), qui pleurent (« C'est de ma faute, j'ai mangé du camembert pendant la grossesse ! ») ou qui refusent tout (« Mais madame, moi aussi je gigotais en CE2, j'suis normal, non ? »), la psychologue de l'Éducation nationale a développé une capacité d'écoute et de *poker face* hors du commun.
Bref, elle est le Professeur Xavier des écoles : elle lit dans les pensées, devine les angoisses, gère les tempêtes émotionnelles, et tout ça sans fauteuil roulant futuriste… mais avec une trousse pleine de stylos et des bilans Wisc-V.

LES AGENTES DE SERVICE

Des super-héroïnes sans cape, ni reconnaissance, elles sont armées d'une serpillière magique et d'un regard qui peut faire disparaître une tâche d'encre datant de la génération précédente. Elles entrent dans l'école après le passage du cyclone de la journée, aussi appelé « une classe de CE1 après un atelier peinture et une récréation sous la pluie ». Leur mission est de rendre l'école à peu près propre pour que le lendemain on recommence le carnage. Elles savent exactement qui a mis du chocolat sur le mur des toilettes. (On espère que c'est réellement du chocolat.)

Leurs ennemis jurés :
- les traces de chaussures boueuses en zigzag dans tout le couloir ;
- les miettes de pain coincées dans des endroits improbables (la science n'a pas encore compris pourquoi) ;
- les toilettes version film d'horreur, notamment après la pause de 10 heures ;
- la pâte à modeler fusionnée avec le sol façon résine archéologique.

Leurs récompenses :
- un « bonjour » marmonné par des élèves ;
- un café tiède oublié en salle des maîtres ;
- parfois… le Graal : une boîte de chocolats laissée en fin d'année par un parent reconnaissant (ou coupable, on ne sait pas).

Bref, les agentes de service, ce sont les gardiennes de la propreté, les Jedi de l'éponge, les sauveuses de notre dignité collective. Sans elles, l'école deviendrait un décor de fin du monde. Elles ne demandent ni médaille ni ovation… juste que les enfants arrêtent de jeter du papier toilette au plafond.

«

SI LES ENFANTS AVAIENT UN BOUTON "PAUSE", LE MONDE SERAIT UN ENDROIT PLUS CIVILISÉ.

»

COMMENT VOS COLLÈGUES CHERCHENT (PARFOIS) À

ANÉANTIR

VOTRE SYSTÈME NERVEUX DÉJÀ BIEN ENDOMMAGÉ

CAS PRATIQUE

L'animatrice périscolaire doit récupérer tes élèves de moyenne section à 11 h 45, les faire déjeuner, les passer aux sanitaires et les coucher pour la sieste jusqu'au retour de ton Atsem à 13 h 35.

L'animatrice a visiblement été engagée sans entretien d'embauche puisque son expérience en petite enfance se résume à avoir été elle-même enfant il y a vingt ans. (Expérience dont elle ne garde visiblement aucun souvenir.)

Elle récupère les enfants dans la classe et les laisse cavaler partout dans les couloirs parce que, je cite, « ça vaaaaa, faut bien qu'ils se défoulent, y a pas mort d'homme ! ».

Tout ceci jusqu'à ce que Loana-Tenessee se fracture l'arcade contre le radiateur. L'animatrice t'amène alors l'enfant pour qu'elle soit soignée parce que, je cite, « je sais pas faire ».

QUE FAIS-TU ?

→ Tu peux envoyer ta réponse à ministreeducnat@poux.fr

L'ÉCOLE, CE CHÂTEAU D'IF (SANS PIERRE NINEY)

Tu as passé la grille. C'est trop tard pour fuir, les enfants t'ont vue. Tu entres dans l'école comme on entre en territoire instable : avec prudence, dignité et un café tiède. Les cris te percutent, les regards t'évaluent, quelqu'un a déjà perdu une chaussure. Mais tu avances. Parce qu'ici, au cœur du chaos, tu es essentielle. Et que le monde tient debout grâce à des gens comme toi. Tu dois survivre ! Survivre, c'est surtout connaître par cœur son environnement. Les rongeurs passent leur journée à faire et à refaire le chemin qui va de leur point de nourriture à leur terrier afin d'être capables de le parcourir le plus vite possible s'ils sont pris en chasse par un prédateur. Fais de même. Connais le plan de l'école sur le bout des doigts ou bien fais-le tatouer sur ton dos !

LA SALLE DE CLASSE, UNE PRISON AMÉLIORÉE

La porte s'ouvre en grinçant. Pas par choix, non : elle n'a plus été huilée depuis 1994. L'odeur de poussière tiède, de feutre sec et de rideaux qui n'ont pas vu la machine à laver depuis trois ministres de l'Éducation nationale vient immédiatement écraser tout espoir de passer un bon moment.

> Rappelle-toi, tu en possèdes les clés : libre à toi de refermer cette porte à tout jamais !

Sur les murs « blanc cassé », on trouve des affiches décollées (« Le COI est ton ami » ou encore « Le participe passé est ton futur ») et des œuvres plastiques faites en urgence.

Le tableau blanc est rayé. Le marqueur n'écrit plus vraiment, sauf si on le secoue violemment (ce qu'il vaut mieux faire avec un marqueur qu'avec un enfant, qu'on se le dise), déclenchant à coup sûr des « maîtresse je vois paaas » intempestifs.

> Tu peux répondre : « Regarde avec ton cœur », mais, attention, ça ne fonctionnera qu'une seule fois ! Pas deux.

Suis les conseils des grands stratèges, fais comme César et divise pour mieux survivre : « Le premier qui moufte, il nettoie le tableau avec l'éponge qui pue des pieds ! » Victoire sur le bruit assurée. Pendant cinq minutes. Jusqu'à ce que Yesaïdou fasse tomber sa règle de la table bancale ou que Louis-Édouard décide de jouer l'hymne du PSG avec sa chaise qui couine.
Les chaises, parlons-en ! Elles grincent, crissent, hurlent leur usure. L'une d'entre elles, dans un coin, est punie : « NE PAS S'ASSEOIR » y est écrit en lettres rouges. Pour passer la journée sans trop perdre de dignité, souviens-toi de ne jamais sous-estimer une chaise en plastique fatiguée.

> Elle choisit TOUJOURS le moment où tu es le plus faible pour s'effondrer.

Astuce : mets trois enfants dessus et tu vois si ça tient. Ceci est aussi valable pour vérifier la solidité de ton bureau ou des portemanteaux…

Conseil de survie : rase les murs… et tes cheveux, en cas de poux.

LE RESTAURANT SCOLAIRE, L'ENFER DU MIDI

Là où les repas sont froids et l'ambiance électrique.
La porte d'entrée est une double porte battante soi-disant « facile à ouvrir ». En réalité, elle résiste comme un patron devant un syndicaliste.
Les murs sont d'un blanc sale indéfini, parfois repeints à mi-hauteur dans un vert institutionnel censé apaiser les esprits, mais qui évoque surtout une gastro hivernale.

> Ne fixe pas trop longtemps les murs.
> Tu pourrais avoir des hallucinations en forme de hachis parmentier.

Les tables sont toutes identiques, rectangulaires, au revêtement mélaminé fatigué. Certaines tiennent par miracle, d'autres boitent fièrement, calées avec une serviette en papier ou un bouchon de compote. La ligne de service est en inox terne et rayé, avec un rail qui ne roule plus et un système de chauffe « au bain-marie tiède ».

Ne demande jamais ce qu'il y a dans les bacs. Si ça tremble, si ça chuchote, fuis !

La cantine, c'est un monde à part, empli de bruits de couverts, de casseroles cabossées. La hotte gémit. Les frigos tremblent. Le lave-vaisselle industriel semble avoir des cycles d'essorage plus longs qu'une réunion de rentrée scolaire.
Même vide, la cantine résonne. Un écho métallique permanent, comme si chaque chaise qui bougeait envoyait un SOS au ministère. Tu peux aussi entendre Louis-Léon qui sanglote : « Je peux pas manger, le cuisinier il a éternué sur la purée. »

Conseil de survie : apporte ton propre tupperware et des bouchons d'oreille. Prétends que tu es vegan, allergique ou en pleine détox. Personne ne vérifiera. (Et oublie tes vêtements blancs au fond de ta penderie !)

LE DORTOIR, UNE ILLUSION DE PARADIS

Un endroit calme, reposant ? Non, méfie-toi des apparences. À l'intérieur, la lumière est tamisée, c'est-à-dire que seule la moitié des néons fonctionne. L'autre clignote, vacille ou semble animée par une entité qui veut communiquer en morse, produisant une lumière digne d'une salle d'interrogatoire de police soviétique.

Cligne en rythme avec les néons. Si tu tiens assez longtemps, tu peux passer dans une autre dimension.

Au sol, les matelas sont rangés dans un pseudo meuble en bois, un genre de cercueil Ikea où s'entassent des rectangles de mousse compressée recouverts de housses en plastique thermonucléaire. Certains sont tachés à jamais par des événements mystérieux qu'on n'a légalement plus le droit d'évoquer.

Ne t'assieds jamais sur un matelas encore chaud. Ce n'est pas de la chaleur. C'est un avertissement biologique. Si tu vois une tache, retourne le matelas. Si tu en vois une autre, ferme les yeux et pense à ta future retraite.

Un CD de « bruits de la nature » est encore coincé dans un lecteur portable posé sur une étagère bancale. Il diffuse en boucle des vagues mal compressées et des cris d'oiseaux flippants à volume moyen, car le bouton de réglage a été enfoncé à vie.

N'essaie même pas de retirer le CD : il est devenu partie intégrante du système nerveux du dortoir.

Enfin, au fond de la pièce, un fauteuil. Le « fauteuil de surveillance ». Un vieux truc en skaï vert-de-gris qui couine à chaque mouvement, déchiré sur l'accoudoir gauche, avec un coussin plat comme un biscuit mou. Il est là, témoin silencieux de toutes les siestes, de tous les soupirs d'Atsem, de toutes les heures d'attente à regarder des enfants ne pas dormir. Il y en a toujours un pour dire : « Moi j'ai fermé les yeux, mais j'ai pas dormi. J'ai juste fait semblant pour voir si tu regardais. »

Conseil de survie : n'y dors pas, surtout pas. Sinon, tu risques de te réveiller dans trente ans avec une blouse, une médaille d'honneur du travail et des biscuits secs dans ton sac.

LA SALLE ~~DE TORTURE~~ DE MOTRICITÉ !

Dès l'entrée, l'ambiance est donnée.
Le sol est recouvert d'un revêtement censé être « spécial sport », mais qui évoque surtout du linoléum d'hôpital collé à la va-vite par les patients dudit hôpital. Il est parsemé de marques indélébiles : des lignes de scotch arraché, des traces de semelles, des zones plus sombres où le sol a décidé de se replier sur lui-même. Au milieu, une tache inconnue, qui résiste à tous les produits, même à ceux interdits par la mairie.

Ne tente pas de nettoyer la tache. Elle est plus ancienne que toi. Respecte-la.

Dans un coin sombre : le parcours de motricité modulable. Une merveille théorique composée de blocs en mousse multicolores. Aujourd'hui, trois éléments sont introuvables, deux sont affaissés et un sent le vomi de 2021.

Toujours tester la solidité d'un module avec le pied. Pas avec l'enfant (c'est plus dangereux que pour la chaise de classe).

Enfin, au fond, l'armoire. Fermée à clé depuis des siècles. On dit qu'elle contient des trésors : des foulards, des balles, des petits plots multicolores… mais personne n'a jamais réussi à l'ouvrir. La clé a été perdue par une directrice partie à la retraite il y a longtemps. Depuis, elle repose là, telle une réforme abandonnée de l'Éducation nationale.

Conseils de survie :

- ne fixe jamais un néon trop longtemps, il pourrait te recruter ;
- ne marche pas sur une mousse affaissée sans témoin.

LA COUR DE RÉCRÉATION, UN GRAND CHAMP DE BATAILLE

Zone grise, zone libre, zone sinistrée.
La cour, c'est ce vaste rectangle goudronné qui se veut être un espace de liberté, mais qui ressemble surtout à un parking de supermarché ayant perdu sa vocation.
Les lignes blanches qui dessinent les jeux au sol – marelles, terrains de foot, labyrinthes – sont des vestiges d'un projet pédagogique de 2007, aujourd'hui à moitié effacé par le temps, le gel et les budgets réduits à peau de chagrin.
Au centre trône un arbre. Le survivant. Un tilleul municipal, enfermé dans une grille en fonte rouillée censée le protéger, mais qui ressemble surtout à un piège à petits jouets qu'on ne reverra jamais (non, jamais, Eudes-Edouard ; pas la peine de chouiner).

Dans un coin, le module de jeu. Une structure délavée par le soleil dont la moitié des éléments est condamnée par un ruban rouge et blanc posé là « en attendant la réparation » (prévue entre jamais et plus tard). Le toboggan brûle les fesses en été et le sol amortissant en caoutchouc est devenu une mosaïque de plaques qui sonnent creux. Dans cette zone, tout vole… Oui, tout, même les enfants.

Conseil de survie : ne JAMAIS intervenir dans une dispute de ballon. Ou alors avec un sifflet, un casque et une protection juridique.

« LES ENFANTS SONT L'AVENIR, VOILÀ POURQUOI LE PRÉSENT EST ÉPUISÉ. »

LES SANITAIRES, LE PURGATOIRE

La première chose qu'on remarque, c'est l'odeur. Un mélange d'eau stagnante, de javel bas de gamme et de résignation humaine. Ça pique un peu, mais ça réveille. Les robinets fuient ou résistent. À la maternelle, tourner un bouton est un exploit de niveau olympique. À l'élémentaire, c'est une épreuve de force.

Prévois une pince multiprise dans ta trousse. C'est plus souvent utile que les feutres.

Les miroirs ? Soit trop haut, soit trop bas. Jamais pour un visage entier. Thomaso rigole : « J'me vois, mais que mes narines. » Un miroir est devenu opaque. Il n'a pas terni : il a renoncé.
Les toilettes ? Une performance scénographique. Des cuvettes trop basses, des abattants bancals, un papier toilette introuvable ou emprisonné dans une boîte de métal conçue pour frustrer les adultes.

Toujours inspecter une cuvette avec un regard critique. Et ne jamais s'asseoir sans test préalable de stabilité.

Ces sanitaires sont une expérience immersive. Pas dans le bon sens. Mais immersive quand même.

Conseil ultime de survie : si tu peux t'en passer, fais-le. Sinon… serre fort ton gel hydroalcoolique. Et ton courage.

Bonus
LA JOURNÉE TYPE D'UNE ENSEIGNANTE

Plongée dans le marathon quotidien de celle qu'on appelle parfois « héroïne de la République », mais le plus souvent « hé maîtreeeeesse » !

5 h 57 Réveil naturel (merci l'angoisse)

Le réveil n'a même pas le temps de sonner que le cerveau a déjà lancé une alerte « contrôle d'histoire à corriger + photocopieuse probablement en panne ». L'enseignante se lève, traverse l'appartement en chaussettes pour vérifier que ses copies sont bien là. Elles le sont. Elles attendent. Elles sourient, ces garces.

MISE EN SITUATION

Tu retrouves une copie collée à ta joue. Tu l'as apparemment relue dans ton sommeil. Elle est annotée « syntaxe floue, mais bonne volonté ». Que fais-tu ? Deux solutions possibles.

1. Tu te lèves pour corriger les autres en espérant ne pas replonger dans l'inconscience.
2. Tu rends la copie comme ça et mets 9/10. Le subconscient a corrigé, c'est suffisant.

→

La première solution te permet de sauver ta conscience professionnelle, mais pas ta santé. Quant à la seconde, elle n'est possible que si tu as super confiance en ton inconscient. À toi de choisir celle qui te convient le mieux !

8 h 01 Arrivée à l'école, air décidé, sac lourd, dos foutu

L'enseignante arrive plus ou moins motivée.
Premier obstacle : la barrière automatique refuse de s'ouvrir, comme tous les lundis. Le badge ne fonctionne que si on le frotte trois fois sur son manteau en chantant l'hymne académique.
Second obstacle : la salle des maîtres est plongée dans un silence de monastère. Une cafetière pleine, mais froide. Une collègue soupire déjà.

MISE EN SITUATION

Le badge ne fonctionne pas. Tu es coincée devant le portail avec un CP qui mange son lacet. Que fais-tu ? Deux solutions possibles.

1. Tu composes un code secret avec ton badge, ton genou et une incantation.
2. Tu fais les yeux doux à la gardienne. Aux grands maux les grands remèdes !

→

Attention, les deux solutions proposées ont un taux de réussite faible. Mais bon, qui ne tente rien n'a rien !

8 h 13 Préparation de classe minute

L'enseignante tente désespérément d'imprimer une évaluation. La photocopieuse refuse. Message affiché : « Bourrage au niveau de la trappe G27. » L'enseignante tente de démonter la machine avec un trombone, une agrafe et une prière (décidément !), car elle s'y connaît autant en trappe G27 qu'un élève de CP en triangle isocèle.

MISE EN SITUATION

La photocopieuse clignote, émet un bip long et se met à chauffer comme un four à raclette. Que fais-tu ? Deux solutions possibles.

1. Tu cries sur la trappe G27 comme tu rêves de le faire sur ton ex toxique.
2. Tu renonces et proposes une dictée improvisée sur la santé mentale en milieu scolaire ou carcéral, ou les deux.

→

La première solution te permet de travailler sur tes problèmes perso en même temps, elle est donc à privilégier pour économiser une séance chez le psy. Dans le cas où tu n'as pas d'ex toxique, ou que tu es toxique toi-même, la seconde est plus appropriée.

8 h 42 Début de classe, début de combat

Tentative d'enseignement, mais la connexion Internet est tombée au combat. Encore. Pas grave, on passe au plan B : manuel papier. Problème : le manuel a disparu, probablement mangé par la petite Lor ou emprunté par la classe d'à côté, qui elle-même l'avait emprunté à la classe du fond, qui elle-même n'existe plus.

MISE EN SITUATION

Internet est mort. Le manuel aussi. Un élève commence à scander « révolution ! ».
Que fais-tu ? Deux solutions possibles.

1. Tu improvises un cours de citoyenneté avec des Playmobil. (« Fais gaffe Kimberley, ça ne se mange pas ! »)
2. Tu fais semblant de t'évanouir. Longuement. Dramatiquement.

Les deux peuvent provoquer un accident. Le choix repose davantage sur la victime.

10 heures Récréation. Mais pas vraiment

Récréation = pause ? Faux.
Récréation = surveillance de cour + gestion des conflits autour d'une balle + arbitrage d'une dispute sur les règles de la marelle + mouchage collectif.
Le tout avec un gobelet de café tiède à la main qui finira dans l'évier, sur un élève ou, PIRE, sur toi !

MISE EN SITUATION

Deux enfants se battent pour un caillou « qui brille ».
Que fais-tu ? Deux solutions possibles.

1. Tu arbitres la possession du caillou avec un bâton de parole.
2. Tu déclares officiellement que le caillou est une zone protégée Natura 2000, interdite au public.

→

La première solution est plus motivante si tu as eu des velléités de carrière dans le théâtre (cela s'applique à l'étape précédente). La seconde, elle, est plus rapide.

11 h 30 Pause déjeuner : le mirage

L'enseignante descend à la cantine. Il y a du poisson pané. Ou quelque chose qui le revendique.
Elle a quatorze minutes et trente secondes pour manger, aller aux toilettes (les fameuses) et faire soixante-treize photocopies (« Mais purée, elle est où la trappe G27 ? »).

MISE EN SITUATION

Tu prends une bouchée. C'était l'éponge.
À côté, ton vrai repas gît, renversé par un CE2 qui voulait « regarder si c'était chaud ».
Que fais-tu ? Deux solutions possibles.

1. Tu manges ce qui te tombe sous la main en neuf minutes, debout entre deux photocopies et une crise existentielle.
2. Tu jettes l'éponge (littéralement) et tu t'alimentes de souvenirs heureux.

Je ne vais pas te mentir, tout dépend du goût de l'éponge.

13 h 30 Retour en classe, digestion interdite

L'après-midi commence dans une ambiance de digestion molle et de coloriage.
Un élève vomit (toujours un, toujours à cette heure-là).
Le vidéoprojecteur décide de clignoter façon boîte de nuit en Pologne.
Le tableau blanc se décolle. Le feutre est sec. Tout est symbolique.

MISE EN SITUATION

Un élève vomit. Un autre glisse dedans.
Le vidéoprojecteur décide d'afficher en boucle une photo floue de ton double menton prise par erreur.
Que fais-tu ? Deux solutions possibles.

1. Tu ouvres toutes les fenêtres, ton cœur et ta boîte de Doliprane.
2. Tu tapes sur le vidéoprojecteur avec une règle et cries : « Récré surprise, mais pas longtemps ! »

La première est plus théâtrale, mais elle n'est pas sans risque si tu es allergique au paracétamol.
La seconde t'offre cinq minutes de répit que tu paieras cher au moment de rappeler les élèves en classe.

16 h 30 Fin de classe. Ou plutôt, début de l'autre journée

L'enseignante pense que c'est fini.
Faux.
C'est l'heure des réunions pédagogiques, des appels aux parents, des fiches de suivi, des Plans particuliers de mise en sûreté (PPMS), des exercices incendie, des projets interdisciplinaires que personne ne comprend et de l'ordi de la classe qui demande une mise à jour critique.

MISE EN SITUATION

Réunion. Tu as oublié ton stylo. Tu empruntes celui d'un collègue, il fuit. Tu tentes de t'essuyer discrètement. Tu signes la feuille de présence avec de l'encre sur la joue.
Que fais-tu ? Deux solutions possibles.

1. Tu continues comme si de rien n'était, la dignité est un concept vague. Surtout à cette heure-ci.
2. Tu fais semblant d'être l'AESH de toi-même et tu restes en retrait toute la réunion.

Les deux solutions te permettent de mettre en pratique le « lâcher-prise » dont tu as si souvent entendu parler.

18 h 45 Rangement, départ ? Ah non, correction !

Les copies sont là. Fidèles au poste.
Elles n'ont pas bougé.
Chaque copie de dictée est une surprise. Une fable grammaticale. Une énigme orthographique. Une d'entre elles contient un mot en klingon. Personne ne comprend, même pas l'élève probablement, de toute façon il n'a pas écrit son prénom dans la petite case prévue à cet effet, donc on ne saura jamais qui c'était.

MISE EN SITUATION

Une copie est rédigée dans une langue inconnue. Tu soupçonnes soit le Klingon, soit un dialecte inventé entre deux bâillements.
Que fais-tu ? Deux solutions possibles.

→

1. Tu googles la syntaxe pour vérifier que ce n'est pas du créole en version rhum arrangé un peu trop arrangé.
2. Tu fais croire que tu as perdu la copie.

La première solution montre à quel point tu es investie, mais au final ne t'apportera aucune gloire. La seconde te permet de rentrer plus tôt chez toi ! Opte pour la seconde !

22 h 30 À la maison

Le corps dit oui, le cerveau dit : « Et les livrets ? Et la réunion parents-profs de jeudi ? Et la sortie piscine sans bus ? Et les objectifs de cycle 3 ? »

MISE EN SITUATION

Ton oreiller déclenche un flash-back. Le PPMS. Le bus. Le projet lecture dont tu n'as pas lu le livre. Que fais-tu ? Deux solutions possibles.

1. Tu notes tout sur ton téléphone pour t'apaiser. Résultat : insomnie doublée.
2. Tu mets un podcast de méditation, tu t'endors et rêves de photocopieuses qui fonctionnent.

→

La première solution semble la plus sage. Erreur ! Opte pour la seconde. Tant pis pour les photocopieuses, l'important est de fermer les yeux.

La journée d'une enseignante est un parcours du combattant pavé de bonnes intentions, d'outils défectueux et d'acronymes flous (le LSU, le PPRE, le Sapad, le Gafam, le WTF).
Malgré tout… demain, elle reviendra. Avec un sourire. Un café. Et peut-être une photocopie réussie. Sans trop d'espoir non plus, faut rester lucide.

« UN ENFANT, C'EST UN MÉLANGE ENTRE UN CHAT, UNE ALARME INCENDIE ET UN TUBE DE COLLE. »

2

QUE LA SOIT VO

FORCE AVEC US, PARENTS !

Bienvenue dans cette partie qui vous est consacrée, oui, à vous parents ! Vous qui n'étiez pas préparés à tomber dans l'univers fascinant – et parfois franchement flippant – de l'école maternelle et primaire.

Au programme :

- **une définition sans filtre Instagram de ce qu'est un enfant (spoiler : ni un ange ni un génie incompris) avec en bonus une rétrospective historique qui nous rappelle qu'on a longtemps préféré une amphore à un môme et un classement semi-scientifique des différents types d'enfants que vous êtes susceptibles de croiser dans l'entourage de votre progéniture ;**
- **des tips actionnables pour faire comme si vous étiez des pros de l'enfance et vous aider à traverser cette nouvelle étape de la vie de votre enfant sans perdre la boule (n'oubliez pas de me créditer sur votre future chaîne TikTok) ;**
- **une infiltration en milieu pas si hostile pour comprendre comment fonctionnent une directrice, une maîtresse et toute la compagnie sans avoir à soudoyer le fils de la directrice (ou la fille, ou le mari, ou la femme, je vous laisse faire vos recherches).**

Pour survivre dans l'environnement scolaire, encore faut-il savoir à quoi – et à qui – on a affaire. Et comme au zoo, il vaut mieux lire le panneau avant d'approcher la bête.

LES ENFANTS, LE BONHEUR AVEC EFFETS SECONDAIRES

LA FACE CACHÉE DE VOTRE ENFANT

Un enfant, c'est une entité souriante et potentiellement hostile. Ne vous laissez pas berner par les boucles blondes ou les dessins pleins de cœurs : derrière chaque petit être sucré se cache une machine de guerre cognitive capable de détecter la moindre faille psychologique chez l'adulte. L'enfant veut tester. L'enfant veut résister. L'enfant, souvent, veut nuire.
Il sabote votre autorité par une simple question – « Maman, je peux avoir un dessin animé ? Hein ? Hein ? » – répétée jusqu'à votre extinction nerveuse.

> Avoir des enfants, ce n'est pas une vocation : c'est une épreuve de survie.

Vous gérez une journée avec lui tel un guérillero en zone de guerre : briquettes de jus bio à la main, tee-shirt blindé, regard fixé sur la ligne de front. Alors oui, il est attachant. Oui, parfois, il dit « je t'aime » avec une marguerite écrasée et un joli dessin de vous – ou d'une vache, on sait pas. Mais ne vous y trompez pas : un enfant est un prédateur miniature. Et il va falloir tenir…

L'ENFANT À TRAVERS LES ÂGES

Aujourd'hui, rien n'a plus de valeur qu'un enfant. Ça n'a pas toujours été le cas et je me demande parfois si ce n'était pas mieux avant !
Au temps jadis de la peste bubonique, avant la séparation de l'Église et de l'État, lorsque la France n'était qu'une vaste campagne où l'on cramait des gens sous des motifs fallacieux tels que la sorcellerie, la médisance ou le fait d'être gaucher, le petit enfant était considéré comme un tuyau qui mange d'un côté et chie de l'autre.

Nul besoin de crèche, de nounou ou d'école, le gosse est posé au sol parmi les déjections de poules et évolue tant bien que mal en espérant dépasser l'âge de 3 ans. Après cela, il travaille afin de mériter son bout de pain et sa soupe.

Un peu plus tard, au temps des hauts-de-forme, des révolutions et de la Marianne qui se balade sans soutif (quelle avant-gardiste !), une loi l'envoie à l'école obligatoire et gratuite sous la houlette des instituteurs qui sont souvent les seuls du village à savoir lire, écrire et à se laver régulièrement.
De nos jours, à l'aube de la Troisième Guerre mondiale et de notre grand remplacement par l'intelligence artificielle, l'enfant a une place de choix dans la société : le nombre de mioches par femme étant passé d'environ douze à environ deux, sa famille a plus de temps pour le chérir, d'autant plus que son espérance de vie a augmenté drastiquement. L'enfant est considéré comme important, unique et précieux (voire parfait), au grand dam de celles qui doivent s'en occuper.

LISTE NON EXHAUSTIVE DE CHOSES QUI, AUTREFOIS, AVAIENT PLUS DE VALEUR QU'UN ENFANT

Au temps de la PRÉHISTOIRE
(la survie avant tout et tout le monde !)

- Biface en silex
- Harpon en os
- Peau d'animal
- Poterie grossière

Au temps de l'ANTIQUITÉ
(à la soupe, les lions !)

- Tablette d'argile
- Amphore
- Sandales en cuir
- Torche à huile

Au MOYEN ÂGE
(crasse, croisades et catapultes)

- Cotte de mailles
- Enluminure
- Sceau en cire
- Heaume

Dans les TEMPS MODERNES
(les temps sont durs !)

- Encrier à plume
- Globe terrestre
- Pendule mécanique
- Bas de soie

QUELS SONT LES DIFFÉRENTS TYPES D'ENFANTS ?

Il existe autant de types d'enfants qu'il y a d'enfants, mais si je dois mettre en place un classement selon une étude sociologique, je les trierais en différents grands groupes. Mes années d'observation sont ici placées au service de votre culture, ne me remerciez pas, c'est tout naturel.

Le parfait

C'est l'enfant que l'on rêve tous d'avoir, celui qui, si on l'obtient en premier, nous donne envie d'en faire d'autres (manque de bol, on a rarement deux fois la même chance). C'est celui qui fait ses nuits en rentrant de la maternité, qui mange bien, qui digère bien, qui apprend très tôt à gérer la frustration et ses émotions.

> L'enfant parfait est toujours joyeux, satisfait, empathique, sympathique.

Il suit bien en classe sans pour autant s'en vanter. Il va volontiers à la douche et ne hurle pas comme un possédé au moment du shampoing. Il n'abîme pas ses affaires et range régulièrement sa chambre. Mais surtout, il n'existe pas. Il paraît néanmoins qu'un couple en a aperçu un, une fois, au rayon jouets d'un magasin de matériel Montessori. On attend encore la photo.

Le basique

C'est le modèle de base, le vôtre, le mien. Il peut à la fois être charmant (quand tout va dans son sens) et machiavélique

devant la frustration du refus de la sixième glace de la journée. Il peut être un ami fidèle dans la cour de récré et harceler le chat (qui n'a rien demandé). Il ment parfois, triche aux jeux souvent, fait toujours semblant de se brosser les dents (même si l'haleine ne ment pas, elle).
On l'aime tel qu'il est, car après tout, peut-on reprocher à ses enfants les traits de caractère qu'on a nous-mêmes placés en eux ?

Avec l'enfant basique, vous ne risquez rien en le laissant à l'école s'il est avec des enfants de la même catégorie... Vérifiez ses fréquentations, l'enfant basique est influençable.

Le chelou

Si c'est le vôtre, franchement, je suis désolée pour vous. (En même temps les chiens ne font pas des chats, donc remettez-vous en question !) On en a tous connu, on en avait tous un dans notre classe. C'est celui qui est toujours fringué bizarrement, genre en claquettes et pull à l'envers. C'est celui qui n'a jamais son pique-nique et qui arrive à l'école en tee-shirt au mois de novembre.
Il a toujours des objets totalement incohérents dans son cartable, ne comprend pas ce qu'il faut faire, se perd, se sauve et raconte des choses sans aucun contexte. Il mange les gommes, suce les feutres, imite la loutre en plein cours de maths. Il a effectué tous les tests neuropsychointellectuels existants, mais aucune pathologie n'en est ressortie. La psy scolaire non plus.

Personne ne le comprend, à part lui-même, et les profs se demandent bien ce qu'il fera de sa vie plus tard. Mais ne perdez pas espoir.

Qui voudrait qu'un enfant de cet âge ait déjà prévu ses deux quinquennats !

L'insupportable

Là encore, si c'est le vôtre, force à vous et bon *hunger games*. Il est la bête noire de toute l'école. Chaque année, tous les profs angoissent de savoir s'ils vont se le farcir.
Il porte généralement un prénom à consonance américano-starac-beauf. Dragan, Logan, Finnégan… Il est le sixième d'une fratrie de huit et les cinq précédents étaient pareils. On plaint le collège d'à côté qui les a récupérés. Ses parents sont des fantômes qu'on ne voit jamais et qui ne répondent pas aux courriers, car ils savent très bien ce qu'ils vont y lire.
Il est en retard le matin, en retard le midi, en retard le soir. Il a ses affaires de piscine le jour du musée et est absent les jours de contrôle. Il frappe tout le monde, crache par terre, vole les goûters des autres. Les punitions glissent sur lui comme l'eau sur les plumes des canards et il finit souvent au coin-coin.
Il aurait pu être diagnostiqué hyperactif, mais il a mangé le test et a frappé la personne qui le lui faisait passer. On lui souhaite néanmoins bonne chance pour son avenir, qu'on espère en dehors du milieu carcéral.

Et si par malheur c'est le vôtre, accrochez-vous fort à l'amour inconditionnel parce que c'est probablement tout ce qu'il vous reste.

Le fourbe

Quitte à choisir, on préférerait encore l'insupportable qui, lui, ne le fait pas vraiment exprès et a souvent des circonstances atténuantes. Le fourbe est plus vicieux. Protégé par des parents qui voient en lui la neuvième merveille du monde (la huitième étant ma propre fille), cet enfant se croit tout permis et n'hésite pas à faire preuve de cruauté, de méchanceté et de perversion. Dès les premiers jours de classe, il met toute son énergie à se faire passer pour quelqu'un de sage et docile, mais ce n'est que pour observer son environnement afin d'y sévir plus tard. C'est l'élève qui attaque par-derrière, pousse discrètement dans les couloirs, dénonce ses camarades innocents et n'a de bonnes notes que pour se faire bien voir.

Ne vous étonnez pas s'il n'est jamais invité aux anniversaires et voyez le bon côté des choses : vous allez faire des économies !

COMMENT LES ENFANTS SE COMPORTENT-ILS EN MILIEU SCOLAIRE ?

En milieu scolaire, l'enfant s'adapte… à sa façon. On pourrait croire qu'il entre dans la classe comme dans un temple du savoir, avide de connaissances. En réalité, il entre comme dans une arène à dominer, une sorte de parc d'attractions hostile où le mobilier devient trampoline, cachette ou tambour, selon l'inspiration du jour. Si l'enfant a dormi, mangé et eu son quota d'activité physique, il peut se montrer coopératif… mais rien n'est garanti. Le matin, son visage à l'entrée de la classe est un indicateur vital : s'il boude, transpire trop ou marmonne, c'est le moment d'alerter les renforts.

> Un regard de travers, une mouche qui vole, un stylo qui fuit et c'est l'émeute.

L'enfant peut aussi changer de comportement selon qu'il est à l'école ou chez lui. Si, si ! C'est même plus courant qu'on pourrait le penser. Cet enfant terrible, c'est celui qui est un petit ange à l'école, qui sourit à l'AESH et lui dit « bonjour madame » avec une voix de chorale. Mais attention : cette version polie ne se manifeste que sous surveillance extérieure (et encore !). À la maison, l'enfant terrible est cette créature de l'ombre, capable de hurler pour une banane coupée en deux sans son consentement ou de s'effondrer en larmes si sa compote n'est pas à température ambiante.

> À l'école, on lui dit : « Tu ranges ton dessin ? » Il répond : « Bien sûr. » À la maison, tu dis : « Tu ranges ta chaussette ? » Il hurle, claque une porte, menace le chat.

Les experts appellent ça « la figure d'attachement ». Moi, j'appelle ça une stratégie de sabotage parental. L'enfant veut que ses parents passent pour des monstres hystériques pendant que lui récolte des compliments à l'extérieur. Bien sûr, vous entendrez cette phrase, terrible, insupportable, fatale : « Je ne comprends pas, à l'école, il est adorable. »

Tips et astuces

- Restez calme. C'est vous qu'il a choisi pour exploser. Félicitations, vous êtes son humain de confiance. Malheureusement.
- Prévoyez un sas de décompression après l'école. Goûter, dessin animé, rien. Le néant.
- Ne cherchez pas à recréer l'école à la maison. Vous n'êtes pas la maîtresse. Vous êtes le punching-ball affectif officiel. Assumez.

L'enfant est un être sensible, intelligent, stratège et souvent bipolaire sur commande.
Il ne fait pas ça contre vous.
Il fait ça grâce à vous.
Et ça, c'est presque une médaille.

LES ENFANTS RÉPÈTENT TOUT

C'est prouvé scientifiquement : c'est lorsque l'on croit que notre enfant nous écoute le moins qu'il nous écoute le plus. Vous êtes tranquillement dans le salon avec votre meilleure amie, vous lui parlez des pellicules de la maîtresse ou de l'haleine fétide de la directrice, votre enfant est à l'autre bout de l'appartement en train de jouer aux Playmobil, vous pensez qu'il n'entend pas. Erreur, les paraboles qui lui servent d'oreilles sont aux aguets. Situées de chaque côté de leur crâne, elles sont très performantes. Elles filtrent les phrases inutiles du style : « La récréation est finie, venez vous ranger », mais peuvent entendre un secret à huit cents mètres sous l'orage.

Les enfants savent également garder en mémoire ces informations qui ne les concernent pas, les stocker et les ressortir au moment le plus inopportun. Le personnel éducatif entend souvent des trucs du genre : « Maman, elle doit aller s'acheter des soutiens-gorge parce qu'elle en a plus un de potable », « Maman, dimanche, elle a vomi parce qu'elle a boyu », « Papa, il dort sur le canapé ».

Méfiez-vous donc et gardez toujours l'œil sur les enfants lorsque vous échangez des informations délicates. Ils sont là, ils vous observent… et répètent tout.

LES MOTS DES ENFANTS

Les fautes de français et mauvaises prononciations de notre chère progéniture sont aussi nombreuses que les poux sur sa tête, que ce soient des logorrhées interminables ou des tournures de phrases aussi tordues que l'esprit d'un masculiniste.

Mise en garde : vous pouvez être pris de saignements de nez ou de vertiges. Pas de panique, allongez-vous quelques minutes et feuilletez un Bescherelle.

« Si je serai... »

→ Si tu serai bon en grammaire, tu saurai que les (si) n'aiment pas les raies (rai).

« Y croivent... »

→ Mes oreilles saignent…

« Je vais au coiffeur. »

→ Restes-y !

« Il a pleuvu. »

→ Ça va séchu.

« Je veux y aller aux toilettes. »

→ Vas-y aux toilettes !

« Faut que je soye... »

→ Faut surtout que tu soyes attentif en cours de français.

« C'est les gants à Kevin. »

→ CE SONT les gants DE Kevin, on ne dit pas « une crotte à nez ».

« Y m'la prendu. »

→ Y va t'le rendru.

« Je vais te faire montrer... »

→ Genre tu vas prendre mon doigt et le tendre dans la direction du truc que tu veux me monter pour que ce soit moi qui fasse montrer ? Cette opération me semble extrêmement complexe.

SURVIVRE. À BOUT, MAIS DEBOUT

Ou comment survivre à la séparation, à la maîtresse, aux crises de larmes et à l'effondrement intérieur sans sombrer dans la dépression.

DE LA CRÈCHE À LA CLAQUE

Ah, ce grand moment d'humanité fragile : le tout premier dépôt d'enfant à l'école !
Le choc du terrain.
Vous arrivez – poings serrés sur le petit sac à goûter, sourire crispé, transpiration abondante –, vous entrez et vous voyez...

Première vision : ELLE

C'est elle. « LA » maîtresse.
Premier coup au moral : ça ne passe pas. Elle n'a pas l'air méchante, non. Mais elle a... cette voix. Cette voix un peu sèche et un peu autoritaire de standardiste de la Caf.
Elle ne dit pas bonjour, elle dit : « Allez, on accroche les manteaux tout seuls. »
TOUT SEUL ? Mais il a 3 ans, il ne sait pas dire « yahourt » et il croit que les lentilles sont des petits pois trop cuits !
Elle vous regarde à peine. Ou, pire, elle vous regarde avec ce regard neutre et professionnel, celui qui dit : « Je vais faire ce que je peux. Mais sachez que pour moi votre enfant n'a pas plus de valeur qu'un autre. »

**Respirez par le nez. Ne fixez pas ses yeux.
C'est une professionnelle. Elle a vu des choses.
Elle sent la peur.**

Deuxième vision : la classe

Une pièce décorée comme un cirque qui aurait pris un coup de vent. Des dessins chelous, des coins aux noms douteux (« coin manipulation » ?!) et des coussins qui sentent le pipi séché.

Mais surtout… des enfants.
Pas les vôtres. Les autres.
Certains sont déjà assis, le regard vitreux comme s'ils avaient vu des choses. D'autres tournent en rond, en hurlant des syllabes aléatoires. Un est en train de lécher un meuble.
Et vous pensez : « C'est ici… qu'il va devenir sociable ? Avec EUX ? »

**Regardez les coussins du coin lecture.
S'ils tiennent debout, vous pouvez tenir aussi.**

Troisième vision : lui, au loin…

La maîtresse vous dit cette phrase absolument terrifiante, d'un ton joyeusement désinvolte : « On va essayer de faire vite, hein, pour la séparation. — Hein ? Vite ? Mais moi je comptais rester… je sais pas… jusqu'à novembre ! »
Elle vous sourit poliment. Et là, vous comprenez que vous êtes en trop. Que le protocole prévoit une évacuation rapide du parent.
Dernier regard.
Vous reculez. Votre enfant ne vous regarde déjà plus, trop occupé à tripoter une boîte pleine de bouchons de bouteilles.
Vous vous dites que vous devriez être content, mais tout ce que vous voyez, c'est une pièce trop bruyante, une maîtresse qui a l'air d'avoir vécu cent quarante-quatre rentrées et deux guerres, et des enfants à la morve ambitieuse.
Vous repartez, le cœur en miettes, le dos humide et une question en tête : « Et si j'avais fait une erreur monumentale ? Et si c'était une secte ? »

**Ne vous retournez pas. Vous n'êtes pas dans un film.
Vous êtes dans une procédure administrative,
vous n'avez pas le choix !**

Le premier jour d'école, ce n'est pas l'enfant qui est le plus fragile. C'est le parent qui découvre que l'école, ce n'est pas un long fleuve tranquille…
… c'est le lâcher-prise version commando au milieu de meubles trop petits, de rituels inquiétants et d'une maîtresse qui a peut-être – peut-être – un cœur. Mais pas ce matin.
Et quand, à 16 h 30, vous venez le récupérer et qu'il ne veut plus repartir avec vous, c'est une autre gifle.

Mantra du parent en première section de maternelle : « La vie, c'est comme une boîte de chocolats, on ne sait jamais… oh et puis zut ! Je vais la descendre entièrement, cette boîte de chocolats ! »

LE PRIMAIRE ? UNE CLAQUE ÉLÉMENTAIRE

Vous avez survécu à la maternelle et vous pensiez qu'il ne pourrait plus rien vous arriver en primaire ? Vous pensiez avoir tout vu : les œuvres abstraites, les coins étranges, les chaussettes orphelines ?
Erreur.
La maternelle, c'était l'échauffement. Le CP, c'est l'arène.
Vous, cher parent, vous allez devoir déposer-fuir. Encore. Mais en version 2.0.

Première vision : le portail

Vous arrivez, votre enfant au bras.
Il porte un cartable trois fois trop grand, un regard mi-fier, mi-paniqué. Et vous ? Vous tentez le sourire solide, mais vous avez les jambes en mousse.
Le portail est ouvert. Vous avancez. Et là, premier coup au moral : la maîtresse ne vous attend pas. Elle attend… les enfants. Elle vous adresse un hochement de tête, ce mix fatal entre « bonjour » et « vous pouvez circuler », et la directrice lève la main pour vous dire STOP.

Ne demandez pas si votre enfant peut garder son doudou. Il est en CP. Ne prenez pas le risque que la maîtresse lui colle l'étiquette « gros bébé à sa maman ou à son papa » dès le premier jour.

Deuxième vision : la cour

C'est la seule chose que vous verrez si vous avez un peu de chance. En primaire, c'est souvent accès interdit aux classes. Vous essayez de jeter un œil discret pour mémoriser tout ce que vous pouvez. Vous paniquez : est-ce qu'il connaît encore son prénom ? Auriez-vous dû finir ce cahier vacances *T'choupi* ? Vous observez les autres parents. Ils ont l'air plus sereins.
Erreur.

Respirez. Tous les autres parents pensent la même chose. Sauf celui qui a mis des étiquettes sur tout, même sur le bras de son fils. Lui, il est dangereux.

Troisième vision : le vide

Vous voulez faire un câlin, dire un mot doux, un petit message codé d'amour. La maîtresse vous grille : « On va essayer de laisser les enfants prendre leurs marques tout seuls, hein. » Traduction : « Reculez, soldat. Vous n'êtes plus dans la mission. » Vous regardez votre enfant. Il vous regarde ?
Non.
Il parle avec ses copains.

**Sortez dignement. Ne craquez pas.
Ce serait comme montrer votre gorge à un lion.**

À 16 h 30 : la trahison finale

Vous revenez le chercher, vous courez presque. Vous vous attendez à un saut dans les bras, un cri d'amour ! Il sort et vous ignore, trop occupé à débriefer de sa première journée avec ses copains.

Vous riez, vous faites semblant.
Mais à l'intérieur ?
Effondrement total.

C'est normal. Il vous aime. Mais, maintenant, il a une vie sociale. Et un emploi du temps.

Mantra du parent de CP : « Je suis là. Je suis solide. J'ai rempli le formulaire d'inscription et collé trente-huit étiquettes. À présent, je m'effondre dans la voiture. Et je reviendrai demain. Encore. Jusqu'à ce que ce soit un peu moins dur. »

« UN ENFANT, C'EST 20 % D'AMOUR, 80 % DE LOGISTIQUE. »

MISSION RENTRÉE MATERNELLE

ÉTAPE 1

LA PRÉPARATION PSYCHOLOGIQUE

DANGER

- Attachement parental explosif, troubles émotionnels aigus, pleurs dans la salle de bains à 6 h 32.

ÉQUIPEMENT RECOMMANDÉ POUR OPTIMISER LES CHANCES DE SURVIE

- Tisane « zénitude extrême » (ou un café, ou trois).
- Miroir devant lequel se répéter en boucle : « Ce n'est pas un abandon. C'est de l'autonomie, de toute façon c'est la loi. »
- Tee-shirt à motifs (pour dissimuler les traces de larmes, de bave ou de lait).

CONSEIL DE PRO

- Entraînez-vous à dire : « Allez, bonne journée ! » avec le sourire. Et sans vous étrangler dans vos sanglots.

ÉTAPE 2

LE SAC D'ÉCOLE DU PETIT (ET CELUI DU PARENT)

DANGER

- Oubli de doudou ou de tout objet fétiche = risque d'apocalypse niveau 7 sur l'échelle de Super Nanny.

NE PAS OUBLIER ! (ENFANT)

- Doudou (× 1, mais pensez à en cacher un second dans votre poche. Oui, votre poche).
- Change complet (jusqu'aux chaussettes).
- Réserve de mouchoirs (boîte + paquet + manche de pull) : s'il ne les utilise pas, vous oui.
- Sac à dos plus grand que lui mais vide à 90 %.
- Tupperware avec étiquette « le goûter de Timothé, maman t'aime d'amour de l'amour goudougoudou bisous tout doux ».

NE PAS OUBLIER ! (PARENT)

- Lunettes de soleil pour cacher les yeux embués.
- Téléphone à portée de main en cas d'éventuel appel de l'école.
- Livre distrayant (ou triste pour relativiser votre propre douleur).

ÉTAPE 3

LE TERRAIN : L'ÉCOLE ELLE-MÊME

DANGER

- Portail fermé trop vite, maîtresse mystérieuse, ambiance de secte éducative.

REPÉRAGE

- Entrée : localisez les issues de secours émotionnelles (exemple : arbre sous lequel s'effondrer discrètement).
- Panneaux d'affichage : évitez de lire tout ce qui parle de « rentrée zen » ou d'« adaptation en douceur ». C'est du mensonge.

INTERACTION AVEC LA MAÎTRESSE

- Elle peut avoir l'air froide. Ce n'est pas personnel. Elle a vu trente-six drames ce matin. Vous êtes juste le trente-septième.
- Ne lui posez pas dix-huit questions sur l'emploi du temps du jour, son signe astral, la sécurisation du système d'évacuation des toilettes de la classe ou les futures sorties scolaires.
- Lâchez l'enfant. Physiquement. Lentement. Et partez. Sans vous retourner. (Ou juste une fois. Mais pas dix. Jamais dix.)

ÉTAPE 4

L'APRÈS, LE VIDE

DANGER

- Effondrement postdépôt, syndrome du « je n'ai plus de raison d'être », hallucinations auditives (plaintes fantômes).

MÉTHODE DE SURVIE

- Allez vous faire un café chaud. Un vrai. Asseyez-vous. En silence. Ce moment n'arrivera plus avant… longtemps.
- Évitez de ranger tous ses jouets comme un robot en deuil. Il revient à 16 h 30, pas dans douze ans.
- Ne regardez pas de photos de lui bébé. Surtout pas la vidéo où il dit « maman » pour la première fois. Résistez.
- Si vous voulez l'appeler : appelez un autre parent à la place. Pleurez ensemble. Formez une cellule de soutien affectif.

ÉTAPE 5

LE RETOUR À L'ÉCOLE EN FIN DE JOURNÉE

DANGER

- L'enfant ne veut pas partir. Il adore l'école. Il vous ignore. Et ça fait mal.

PRÉPARATION

- Prévoyez une phrase du type : « Oh, tu t'es bien amusé ? Tu veux rentrer avec moi ? Non ? …Ok. » (Sourire figé.)
- Restez digne, même si votre enfant court dans les bras de l'Atsem en criant « ma tataaaa ! ».
- Rappelez-vous que vous vouliez qu'il soit autonome. Voilà. Bravo. Vous l'avez bien éduqué. Vous êtes… remplaçable.

CONCLUSION

Tu as survécu. Il a survécu. Tu l'as laissé dans un lieu sécurisé, plein de feutres, de chansons sur les légumes et de gens qui ont un diplôme pour encaisser les hurlements collectifs. Demain, tu recommenceras. Avec un peu moins de larmes. Un peu plus de café. Et beaucoup d'amour.

OPÉRATION RENTRÉE 3000

CAMP D'ENTRAÎNEMENT PRÉ-RÉPUBLIQUE ENFANTINE

Mission : forger un enfant de 3 à 11 ans capable de résister au harcèlement, aux contrôles surprises, à l'échec scolaire, aux remarques passives-agressives du personnel et à la dictée niveau Bernard Pivot.

SECTION 1

CONDITIONNEMENT PSYCHOLOGIQUE « LA RÉSILIENCE OU RIEN »

NOM DE CODE : Opération Pas pleurer

OBJECTIF

- Renforcer la solidité mentale de l'enfant.

EXERCICES

- Lecture à voix haute de commentaires de bulletins scolaires pessimistes jusqu'à pouvoir les lire sans faiblir.
- Visionnage intensif de situations de conflit scolaire simulées (« Jean-Jésus m'a dit que j'étais nul ») suivies d'une formation à la résistance psychologique : « On ne RÉPOND PAS, soldat. On l'ignore et on signale au chef d'unité (la maîtresse). »
- Entraînement au regard méprisant et calme face à la provocation.
  Niveau 1 : « Tes baskets, c'est pas des marques ! »
  Réponse : Regard fixe + haussement de sourcil + « Et toi, ton cul c'est du poulet ? »
  Niveau 2 : « T'as pas d'amis, gnagnagna ! »
  Réponse : Main dans la poche + « Si c'est pour en avoir des comme toi, je préfère sympathiser avec Vladimir Poutine. »

SECTION 2

DÉFENSE TACTIQUE CONTRE LE HARCÈLEMENT

NOM DE CODE : Escouade Anti-débilos

OBJECTIF

- Acquérir des stratégies non violentes, mais impitoyables.

MODULES

1. Technique de repli stratégique vers les adultes de confiance (code : « je vais le diiiiire »).
2. L'art du sarcasme soft, pour enfants de 8 ans et plus :
   - Harceleur : « T'as pas de cerveau. »
   - Soldat : « Je l'ai prêté à ta mère, mais elle n'a jamais compris comment s'en servir. »
3. Création de boucliers émotionnels à base d'estime de soi et de compliments quotidiens obligatoires :
   - « Tu vaux plus que toutes les trousses à paillettes de cette école, soldat. »

SECTION 3

ÉPREUVES ACADÉMIQUES « LE CONTRÔLE EST MA VICTOIRE »

NOM DE CODE : Opération Table de multiplication et complément d'objet direct

ENTRAÎNEMENTS

- Réveil à 6 heures, lecture rapide de fiches « Les homophones, amis ou ennemis ? ».
- Simulation d'évaluation stressante dans la salle de bains avec minuteur : « Tu as sept minutes pour faire une rédaction sur la révolution agricole en Amérique latine. »

SECTION 4

GESTION DU TERRAIN HOSTILE LA COUR DE RÉCRÉATION

NOM DE CODE : Zone de guerre 10 h 15

ÉQUIPEMENTS NÉCESSAIRES

- Chaussures renforcées anti-croche-pattes.
- Veste avec poches secrètes pour mouchoirs, cartes Pokémon et lettres codées « maman, tu peux venir me chercher je m'ennuie ».

CONCLUSION

POUR LES PARENTS-MILITAIRES

Rappel : vous n'êtes pas là pour leur épargner les conflits.
Vous êtes là pour leur apprendre à y survivre avec dignité, humour et un stylo qui fonctionne.
L'école est rude.
Mais votre enfant sera formé, prêt, armé de savoir, de repartie, de confiance en soi… et d'un solide doudou de réserve.

INFILTRATION EN TERRAIN HOSTILE

Chers parents,

Entrer dans une école ne consiste pas seulement à déposer votre enfant (en retard) et à espérer qu'il revienne (entier). Non. L'école est une microsociété. Une jungle administrative où chaque membre du personnel éducatif détient un pouvoir spécifique – parfois infime, mais terriblement stratégique.

LA DIRECTRICE, MINOTAURE DU LABYRINTHE ADMINISTRATIF

Ne vous fiez pas à son sourire ni à son pull à col roulé. La directrice est une entité rare et difficile à approcher. Elle vit retranchée derrière une pile de dossiers et un écran d'ordinateur ouvert sur une feuille Excel jamais complétée. Elle ne sort de son antre que pour faire trois choses :

- décréter que le chauffage sera en panne jusqu'à nouvel ordre ;
- rappeler que « la communication passe par le cahier de liaison » ;
- fuir les parents qui voudraient la voir « juste deux minutes ».

Ne la traquez pas entre deux portes. Elle est entraînée. Elle sent la menace parentale à quinze mètres. Pour obtenir un rendez-vous, adoptez la stratégie du silence insistant : déposez un mot manuscrit avec une formule de politesse molle (« En espérant ne pas trop déranger... »), glissez-le dans la boîte aux lettres du bureau, puis... attendez. Cela peut prendre de une à dix-sept semaines.

LA PSYCHOLOGUE SCOLAIRE, CELLE QU'ON NE VOIT JAMAIS, SAUF QUAND ON NE VEUT PAS

Elle parle doucement, prend des notes sur un carnet sans lignes et conclut souvent par des phrases mystérieuses du style : « Ce qui importe, c'est l'environnement affectif stable. » Ce qui, dans le langage scolaire, signifie : « Ce n'est pas nous, c'est vous. »

Si vous la croisez, souriez et dites « on travaille là-dessus à la maison », même si vous n'avez aucune idée de ce qu'est « l'impulsivité projective du schéma parental ». Elle non plus, de toute façon.

LES ANIMATRICES PÉRISCOLAIRES : PLURIEL D'INCONNU, COLLECTIF DE TERREUR

Leur rôle est flou, leur formation mystérieuse, leur présence imprévisible. Elles apparaissent, souvent par paire, à la récré, à la sieste ou dans le couloir quand vous êtes déjà en train d'enfreindre trois règles de sécurité.

N'essayez pas de comprendre qui fait quoi. Contentez-vous de les remercier quand elles vous rendent une écharpe ou un enfant.

« L'ENFANCE, C'EST CETTE PÉRIODE OÙ LE PORT D'UN GILET PEUT DEVENIR UNE TRAGÉDIE GRECQUE. »

Bonus

COMMENT OBTENIR UN RENDEZ-VOUS AVEC LA MAÎTRESSE ?

À ne jamais faire

- « Excusez-moi, je peux vous parler une minute ? » à 8 h 28, pendant qu'elle essaie de séparer deux CM1 qui se battent pour une histoire de jeux vidéos.
- « Je vous ai envoyé un e-mail hier soir à 23 heures, vous l'avez lu ? » (Non.)
- « C'est urgent, mon enfant m'a dit que vous avez crié. » (Spoiler : il avait mangé un bâton de colle.)

À faire

- Glissez un mot dans le cahier avec une date, une tranche horaire réaliste (évitez 7 heures du matin ou 16 h 50 un vendredi) et un petit mot gentil du type : « Je comprends que vous soyez très sollicitée. »
- Apportez un stylo. Et un chocolat. (On n'est pas corruptibles, mais ça aide.)

COMMENT FUIR LORSQUE LA DIRECTRICE DE L'ÉCOLE VIENT VERS VOUS LE REGARD INQUIET

C'est le signal d'alerte ultime. La directrice s'avance dans la cour, ses mocassins claquant sur le bitume (avec les p'tits glands qui se balancent en rythme), son regard fixe vous transperce comme une inspection surprise. Elle tient quelque chose à la main : un carnet, un papier, un objet administratif non identifié. Elle vient vers vous. Vous êtes la cible. Voici les options de fuite testées et approuvées.

La dissolution parentale

Baissez les yeux, parlez très vite à un autre parent en gesticulant. Si elle pense que vous êtes en pleine conversation, elle hésitera. C'est dans cette seconde d'hésitation que vous vous faufilez vers la sortie en murmurant : « Je reviens, je dois juste… » (Ne finissez pas la phrase, courez.)

Le repli tactique dans la zone interdite

Entrez dans les toilettes. Personne n'osera vous y suivre. Préparez une excuse plus tard : « Je croyais que mon enfant y était… il avait dit qu'il avait mal au ventre. »

L'évanouissement psychologique

Affichez un sourire figé et dites « bonjour » en marchant droit devant vous, comme si vous aviez un but précis (même si vous ne savez pas lequel). On n'attaque pas quelqu'un qui a l'air traumatisé.

Le détournement d'enfant

Attrapez un enfant qui n'est pas le vôtre (en restant légalement correct), dites « viens, je t'emmène voir ta maman » et partez avec autorité. Elle ne vous arrêtera pas – elle pensera que vous êtes en mission officielle.

Le sacrifice d'un autre parent

Si vous êtes en binôme devant l'école, touchez doucement le bras de votre acolyte et chuchotez : « C'est toi qu'elle veut. » Puis partez dignement, en espérant qu'il ait un bon sens du devoir (ou une jambe plus lente).

Astuce ultime : si jamais vous êtes rattrapé, restez flou. Répondez par des questions du type : « Ah bon ? Vous pensez que c'est grave ? » ou « Je vais en parler à l'enseignante référente du pôle inclusion ressource interdegré. » (Ça n'existe pas, mais ça impressionne.)

COMMENT FUIR FACE AU MÉDECIN SCOLAIRE QUI VOUS INFORME QUE VOTRE ENFANT CONFOND LES Z ET LES E

C'est toujours dans un couloir mal éclairé, au moment où vous ne vous y attendiez pas (genre en allant déposer une gourde oubliée), que la médecin scolaire surgit – pull terne, sourire inquiet, ton bas et dramatique :

« Madame, il faudrait qu'on parle… Votre enfant confond les Z et les E. »

Silence. Vous sentez que c'est grave. Pas chirurgical, mais symbolique. Comme si votre enfant était à deux lettres de l'effondrement scolaire.

Voici comment vous en tirer sans y laisser votre sang-froid, ni votre statut de parent compétent.

1. **Le bluff inversé, version parent trop informé**
« Ah, mais ça, c'est parce qu'on le sensibilise à la typographie inclusive à la maison. Le "e" est une construction sociale. »
Normalement, vous obtenez un regard vide suivi d'un « je vais en parler à l'équipe ».

2. **L'inquiétude exagérée, version fuite émotionnelle**
« Oh mon Dieu ! Il confond les "z" et les "e" ? C'est héréditaire ! Mon oncle pensait que les "8" étaient des "B" couchés ! »
Simulez une détresse familiale ancestrale. Ça l'embrouille, elle prend des notes, vous partez.

3. **Le déni raffiné, version « pardon, mais on a une vie »**
« Vous savez, à la maison, on privilégie l'expression artistique libre… Si les lettres se ressemblent, c'est parce qu'il ressent les choses très fort. »
Puis prenez un air inspiré. Et restez comme ça. Longtemps.
Effet assuré.

4. **Le recul statistique, version « c'est pas si grave »**
« Ah, mais est-ce qu'on sait si ça a un réel impact dans sa vie future ? Elon Musk confond sûrement les majuscules avec les poteaux téléphériques, et pourtant il envoie des voitures dans l'espace. »
Puis riez doucement, sur le ton de la complicité désabusée. Et filez.

5. **La disparition pure et simple, version ninja**
Regardez fixement un point derrière le médecin. Dites « oh mon Dieu, c'est l'inspectrice ! » et partez sans vous retourner.

CONCLUSION

Quand on vous alerte sur une confusion de lettres, rappelez-vous : ce n'est ni la fin du monde ni une urgence médicale. Prenez votre air le plus concerné, promettez de « prendre rendez-vous avec un orthophoniste » (mythique créature avec six mois d'attente) et, surtout, ne lâchez jamais le sarcasme.

3 Les mille dan de la ju

ET UN GERS NGLE

Bienvenue dans la jungle !

Celle de Mowgli ? Non. Celle des documentaires sur Arte ? Non, non ! La jungle scolaire. Celle où chaque semaine est un safari sans jumelles, une mission sans assurance vie, une randonnée sans chaussures adaptées.

La jungle n'est pas une métaphore. C'est ta classe, ton couloir, ta salle des maîtres, ton planning de sorties, ton cerveau en fin d'année. On ne s'en sort jamais vraiment, mais on apprend à faire des photocopies de la main gauche pendant que l'on console un enfant qui a emmêlé ses cheveux dans les spirales de son cahier.

Dans cette troisième partie, nous explorerons les moments de l'année scolaire à haut risque, les pièges émotionnels, les embuscades administratives et les crocodiles en forme de parents d'élèves.
Au programme :

- des temps forts pas si forts ;
- des sorties scolaires potentiellement traumatiques ;
- des imprévus prévisibles ;
- des analyses de situations absurdes pour comprendre pourquoi une simple visite au musée du Carrelage se termine toujours en drame existentiel.

Développe ton instinct de conservation. Le danger est partout. Même dans une réunion de fin d'année. Prépare-toi pour cette dernière partie haute en sensations !

TEMPS FORTS
ET MAILLONS FAIBLES

LA RENTRÉE, LE DÉBUT ~~DES DÉSILLUSIONS~~ D'UNE NOUVELLE ANNÉE

Ou comment passer de la bronzette au burn-out en moins de 48 heures.

Cette sensation étrange, ce nœud dans le ventre, cette boule de stress qui commence à grossir autour du 15 août, pile entre la dernière gorgée de rosé et la première crise d'urticaire à la simple vue d'un cahier 24 × 32, on l'appelle pudiquement « la reprise ».

D'abord, la veille au soir…

Un moment magique où tu trépignes d'impatience à l'idée de voir ces chers bambins ?
Non.
C'est un moment que seules les enseignantes peuvent comprendre. C'est quand tu te réveilles en sursaut à 4 heures du matin en hurlant : « Où est mon emploi du temps ? », que tu fais des cauchemars où ta classe est composée exclusivement de triplés hyperactifs avec des prénoms imprononçables et que tu révises mentalement ta réunion de prérentrée comme si tu passais l'oral du bac.

Stratégie de survie

- Fais diversion en mettant ton plus beau maillot de bain et en ouvrant une nouvelle bouteille de rosé.
- Commence à préparer tes prochaines vacances pour te donner un but à atteindre.
- Prépare-toi un calendrier de l'avent maison. Que tu renouvelleras tous les mois. Oui, dix mois de friandises pour tenir jusqu'à la délivrance.

Le jour J

Tu mets ta tenue de rentrée soigneusement choisie pour dire à la fois « je suis pédagogue » et « cette année, ça va être fun ».
Tu retrouves tes collègues le sourire figé, l'œil cerné et vous échangez des paroles pleines de mensonges, comme : « T'as bien profité des vacances ? — Oui, oui, j'ai déconnecté. » (Traduction : « J'ai fait des rêves pendant six semaines où je criais "chut !" »)
Puis les élèves arrivent.
Ils ont grandi (en volume sonore) et certains ont visiblement passé l'été à suivre une formation en casse Burnite. Leurs parents, frais comme des gardons, te déposent leur progéniture avec des « bon courage ! » dignes de moniteurs de saut en parachute sans parachute.

Stratégie de survie

- Fais illusion. Porte un badge. Pas pour donner ton nom, mais pour donner l'impression que quelqu'un est responsable.
- Gère ta survie à la pause-café. Évite les collègues qui parlent de projets pédagogiques. Gagne du temps. Respire. Regarde les photos de tes vacances sur ton portable. Sens-tu cette douce odeur de monoï ?

- Ignore les parents. S'ils commencent par « cette année, on espère que… », coupe-les. Fais semblant de recevoir un appel. Mime un AVC si nécessaire.
- Répète-toi ce mantra intérieur : « Ce ne sont pas mes enfants. Ce ne sont pas mes enfants. »

« LES ENFANTS ONT UNE ÉNERGIE INÉPUISABLE, SAUF QUAND IL FAUT MARCHER CENT MÈTRES OU RANGER LEURS JOUETS. »

VERS LES VACANCES DE NOËL SANS PÈRE NOËL, NI CADEAUX

Ou comment fabriquer vingt-huit sapins en coton sans sombrer dans l'alcoolisme festif.

Décembre à l'école, c'est comme un téléfilm de Noël : au début, tout le monde sourit, il y a des guirlandes et une illusion de magie… Mais, très vite, ça vire au cauchemar enneigé.

Le calendrier de l'avent

Les enfants arrivent le 1er décembre surexcités comme des lapins sous MDMA. Et toi, tu n'as pas dormi parce que tu as passé la nuit à plier vingt-huit messages du style : « Bravo, tu es unique ! » dans du papier doré tout chiffonné. (Comme Brandonia a lancé une chaise hier, tu es plutôt à deux doigts de lui offrir une citation du Code pénal.)

Stratégie de survie

- Respire. Tu ne vas pas mourir de fatigue en décembre. Ce n'est qu'une impression.
- Prévois une réserve de papillotes au chocolat de secours pour les élèves, mais surtout pour toi quand tu te sens sur le point d'engueuler une boule à neige.

Les bricolages de Noël

Tu voulais faire simple : une étoile, une bougie… Tu te retrouves à gérer un atelier semi-industriel de recyclage de rouleaux de papier toilette, de peinture et de colle qui colle surtout aux cheveux. Tu découvres que, oui, on peut avoir une crise d'asthme en respirant de trop près un pot de paillettes.
Bien sûr, tu fais tout ça en double : pour la classe… et pour le marché de Noël. Aaaaaaah, le marché de Noël ! Là où tu vends pour deux euros un bougeoir bancal et perds en échange trois ans d'espérance de vie.

Stratégie de survie

- Fabrique un seul bricolage, puis annonce aux enfants qu'ils doivent le reproduire seuls à la maison. Appelle ça « pédagogie par l'autonomie ».
- Pour le marché de Noël, emballe tout dans du kraft moche. Ajoute un autocollant : « Fait avec amour. »® Prix doublé, attentes divisées.

Le spectacle

Le moment tant redouté.
Tu as choisi une chanson simple avec des mouvements faciles. Au bout de deux répétitions, tu te rends compte que Vasectomina chante en yaourt, que Youssef-Alexandre fait des *moonwalk* hors tempo et que Timéo-Téotime se met les doigts dans le nez en public.

Stratégie de survie

- Si quelqu'un te propose une chorégraphie sur une chanson de Mariah Carey, pars vite et ne te retourne pas.
- Remplace les répétitions du spectacle par un « échauffement créatif libre » et filme en plan large. Personne ne verra que Théophane s'est endormi en tailleur ou bien on croira à « l'éclosion du flocon de neige ».

La dernière semaine

Tu as lâché l'affaire. Tu projettes des dessins animés, tu distribues des mandarines et tu souris mécaniquement comme une hôtesse de l'air au milieu de turbulences.
Tu fais le livret scolaire en 48 heures, avec deux grammes de sucre dans le sang et la musique de *Petit Papa Noël* qui te suit jusque dans tes cauchemars.
Et enfin, le dernier jour !
Les enfants partent avec leurs bricolages, les bras pleins de créations flasques et gluantes pendant que tu t'écroules sur ta chaise en buvant un chocolat froid, entourée de miettes de pain d'épices et de papiers cadeaux déchirés.
Tu regardes la salle vide. Tu as tout donné. Tu n'as plus d'âme, mais tu as deux semaines pour la retrouver.

Joyeux Noël !

Stratégie de survie

- Le livret scolaire ? Coupe Internet, mets un casque antibruit, tape au hasard sur ton clavier et corrige ensuite. Ou pas.
- Le dernier jour, offre-toi un moment zen : lumière tamisée, coloriage en silence. Pour eux. Mais surtout pour toi.

LE TUNNEL JANVIER-MARS AVANT LE PRINTEMPS

Ou comment traverser un tunnel glacial sans chauffage, sans lumière… ni foi en l'humanité.

Il fait nuit quand tu arrives, nuit quand tu repars et entre les deux tu traverses un épais brouillard d'évaluations, de réunions, de gastros et de projets pédagogiques que tu repousses à l'année prochaine.

Janvier

Le mois du renouveau, des bonnes résolutions et des virus intestinaux. Tu reviens de deux semaines de « vacances » (entendre : deux semaines à corriger des livrets, à penser aux livrets, à rêver que tu es un livret). Tu es fatiguée, tu as pris trois kilos de bûche et perdu toute capacité à parler sans soupirer.
À peine arrivée en classe, la réalité te gifle : il fait trois degrés dans la salle, les fenêtres sont grandes ouvertes « pour aérer » et les enfants sont emmitouflés dans leurs manteaux, leurs bonnets et parfois un plaid piqué dans la voiture de leurs parents.
Et ce n'est que le début…

Stratégie de survie

- Porte deux paires de chaussettes (technique dite du « sac de couchage plantaire »).
- Garde une tasse de thé en main en permanence. Pas pour boire. Pour chauffer tes doigts.
- Habitue-toi à travailler avec des élèves en doudounes. Ils n’écrivent pas bien, mais au moins ils ne meurent pas d’hypothermie.
- Répète-toi : « Janvier n’a que trente et un jours. Même si chacun dure une semaine. »

Février

Le mois le plus court, certes, mais aussi le plus long mentalement. Les enfants sont à bout. Toi aussi.
La lumière naturelle ? Inexistante. Tes journées sont un flou gris-bleu traversé de cris, de nez qui coulent et de gosses qui veulent tous changer de place « parce que Paul, il respire fort ».
Tu rêves d'un jour sans bruit, sans chuchotements, sans manteaux trempés qui sentent le chien mouillé.
Mais non.
À la place, tu as :

- la cour gelée interdite : tous coincés en classe pendant la récré ;
- les bottes qui couinent ;
- les moufles perdus ;
- vingt-sept enfants aux lèvres bleues qui veulent te raconter que « ma mamie elle a eu la grippe et après elle a vomi sur le chat ».

Stratégie de survie

- Instaure des « moments de silence obligatoire ». Appelle ça « temps d'intériorité pédagogique ».
- Affiche un faux compte à rebours des vacances pour motiver… toi-même.
- Remets à demain tout ce qui n'est pas vital (corriger, répondre aux e-mails, délivrer Kevin du placard à peinture).
- Accepte que ta voix soit remplacée par une toux sèche et un grognement.
- Réponds à toute demande par « après les vacances », ~~même~~ sauf si ce sont les pompiers.
- Répète-toi : « Ce n'est pas moi qui suis à bout, c'est le mois de février qui n'en a pas. »

Mars

Cette zone entre épuisement total, enfants possédés et rage intérieure que seul un chocolat chaud bien dosé en rhum peut calmer. Mais non : tu es « de récré ». Sous la pluie. Sans parapluie. Avec un sifflet cassé.

Et un matin… miracle. Les vacances arrivent. Tu ne ressens rien. Tu es vidée, congelée, fondue sur ta chaise comme un vieux reste de raclette.

Mais tu souris. Car tu le sais, la moitié de l'année est derrière toi ! Parce que c'est bientôt le printemps. Et avec un peu de chance, le chauffage sera enfin réparé.

Stratégie de survie

- Couvre-toi comme pour une expédition polaire. Même pour aller en salle des maîtres.
- Ne commence plus rien. Ne finis plus rien. Vis au jour le jour.
- Fais des activités calmes : dessins, visionnage de documentaires, méditation collective (avec toi qui dors les yeux ouverts).
- Trouve une cachette pour somnoler entre midi et deux (salle de sport, placard à balais, sous le bureau).
- Remplace les récompenses par des morceaux de chocolat. Pour toi. Pas pour eux.
- Répète-toi : « Dans trois jours, j'hiberne. Dans trois jours, j'hiberne. »

LE PRINTEMPS, LA (FAUSSE) RENAISSANCE

Ou comment survivre à l'éclosion collective d'énergie incontrôlée et de poux.

Ah, le printemps !
Les oiseaux chantent, les bourgeons éclosent et les enseignantes pleurent en silence dans la salle des maîtres, un thermos de café froid à la main, les yeux cernés, les nerfs en sursis. Si, pour le commun des mortels, le printemps évoque la douceur et le renouveau, à l'école, il annonce surtout la fin du peu de contrôle que tu avais encore sur ta classe.

Éclosion de larves

Tout commence par un changement d'attitude mystérieux chez les élèves. Ils sont soudain possédés par une énergie qu'on pourrait vendre à EDF. Ils sautillent, crient, veulent faire classe « dehors parce qu'il fait beau maîtresse !!! ». Là-bas, c'est la jungle : entre les cris des autres classes, les guêpes, le ballon qui atterrit dans le buisson maléfique et Djorane qui confond « expérience botanique » et « déracinement intensif », tu regrettes très vite ton choix.

Dans la classe, c'est pareil. Impossible de faire une dictée sans que quelqu'un demande à ouvrir les fenêtres « parce que sinon je fonds ». On ne travaille plus, on transpire.
Les stylos tombent, les enfants tombent, ta dignité aussi.
Et puis il y a le retour des POUX. Car le printemps, c'est aussi la saison des amours capillaires. Tu as beau faire des affiches, des messages aux parents, des incantations vaudou : les têtes grouillent. Tu passes plus de temps à inspecter les nuques qu'à corriger les copies. Tu songes à raser tout le monde, y compris toi-même.

Stratégie de survie

- Adopte la technique de la dissociation contrôlée : ton corps reste dans la classe, mais ton esprit s'évade vers une chaise longue imaginaire, loin, très loin.
- Accepte que les leçons soient ponctuées d'éternuements synchronisés.

Pédagogie innovante

Tu en es à ton quatrième projet jardinage, troisième élevage d'escargots et cinquième tentative de motiver les élèves à finir leurs évaluations dans le calme.
Mais il est trop tard. Ils sont déjà partis mentalement cueillir des pâquerettes en courant comme dans une pub pour du fromage frais.

Stratégie de survie

- Accepte que tous les dessins ressemblent à des soleils hyperactifs et que personne ne connaît plus la date du jour (toi non plus).
- N'attends plus rien de ce trimestre. Ni silence. Ni cohérence. Juste… la fin.

LA KERMESSE, LE CLOU DU SPECTACLE

Ou comment perdre le peu de santé mentale qu'il te restait en dansant sur Kids United.

Le grand moment festif de fin d'année, censé célébrer la joie de l'école, la coopération et l'esprit d'équipe. En vrai ? C'est un marathon logistique, un enfer sonore et un test de survie mentale maquillé en fête.

Tout commence par une réunion

Tu es fatiguée, tu crois qu'on va juste parler « tranquillement » de l'organisation. (Spoiler : ça dure deux heures, tout le monde veut faire un stand différent, personne ne veut tenir le stand.)

Stratégie de survie

- Arrive avec une fausse excuse pour partir à mi-parcours. (« J'ai rendez-vous chez l'orthodontiste du chien de mon neveu. »)
- Vote en dernier, toujours. Comme ça, tu es affectée à ce qui reste : à défaut de t'amuser, tout le monde te sera reconnaissant.
- Prévois un stylo inutile. Un stylo qui ne fonctionne pas, comme symbole de ta participation passive.
- Répète-toi : « Je suis juste une ombre. Je suis une silhouette. On ne me voit pas. »

Le choix de la chanson

Tu veux quelque chose de simple, de joyeux, sans polémique, pas trop long, pas trop court, pas trop gnangnan. Tu passes 48 heures sur YouTube, tu envisages même un remix flûte à bec de Stromae, mais tu finis avec…
Kids United – *On écrit sur les murs*. Version karaoké, parce que t'as pas les moyens d'une sono correcte.

Stratégie de survie

- Élimine d'emblée toutes les chansons à message. Trop dangereux. Trop long. Trop risqué.
- Répète-toi : « Kids United, c'est pas si pire. Ça dure trois minutes », même si ça te donne une crise d'urticaire.

Les répétitions

Un supplice. Tu apprends à gérer vingt-quatre enfants qui dansent chacun dans un tempo différent, avec un sens du rythme digne d'un DJ paraplégique. Tu imprimes des pas de danse, tu montres, tu répètes, tu cries : « À GAUCHE J'AI DIT ! NON, L'AUTRE GAUCHE ! » Bien sûr, le jour J, ils feront tout à l'envers, avec un sourire ravi et la fierté de Beyoncé.

Stratégie de survie

- Compte sur un élève leader (même s'il danse mal) et transforme-le en chef de meute : tu délègues le désastre.
- Filme les répétitions : pas pour les revoir, pour prouver que tu as essayé.

- Achète des bouchons d'oreille. Pour toi. Pour les voisins. Pour les pigeons.
- Répète-toi : « Ils feront n'importe quoi. Et les parents applaudiront quand même, alors peu importe. »

La préparation des stands

Les parents veulent bien aider… mais pas ce jour-là. Ni avant. Ni après. Tu te retrouves donc :

- à gonfler trois cents ballons à la bouche ;
- à préparer vingt-quatre lots pour la pêche à la ligne (avec des trucs que même Emmaüs aurait refusés) ;
- à gérer la tombola, les jetons, le stand maquillage et l'enfant allergique à la peinture qui veut « un tigre entier sur la joue ».

Stratégie de survie

- Négocie des stands muets : chamboule-tout de nounours, parcours sans son, stand du silence gagnant.
- Remplace les lots trop pourris par des mots doux imprimés. Personne ne lit, ça passe.
- Impose une règle simple : qui propose, dispose. Qui râle, maquille.
- Répète-toi : « Ce n'est pas du bénévolat, c'est une performance de résistance mentale. »

Le jour J

Tu arrives à 7 heures du matin avec des cernes façon raton laveur. Tu cours partout, tu perds ta voix, et à midi tu as déjà

transpiré trois litres et insulté mentalement trois collègues, deux parents et un micro qui ne fonctionne pas.
Les enfants, eux, sont heureux.
Collants, surexcités, sucrés jusqu'à l'os, hurlant de bonheur parce qu'ils ont gagné un miniharmonica qui siffle à 112 décibels.

Stratégie de survie

- Arrive avec un café, un change de tee-shirt et un sourire faux, mais solide.
- Ne cherche pas le micro qui fonctionne. Il n'existe pas.
- Prévois un coin d'ombre rien que pour toi. Tu le mérites. Tu ne l'auras pas.
- Répète-toi : « Je suis en train de faire une sieste dans ma tête. »

Le rangement

Tu balayes des confettis humides, tu plies des tables qui grincent, tu retrouves une saucisse froide sur ta chaise.
Tu souris.

Stratégie de survie

- Mets toute nourriture abandonnée à la poubelle sans poser de questions.
- Souris quand on te dit : « C'était super cette année ! », puis retourne-toi lentement vers l'horizon.
- Répète-toi : « L'an prochain, je me pète une guibole juste avant. Promis. » (Spoiler : tu seras là. Avec ton sifflet. Et la playlist Kids United.)

LES DERNIERS JOURS AVANT ~~LA LIBÉRATION CONDITIONNELLE~~ L'ÉTÉ

Ou comment atteindre un état de décomposition avancée tout en distribuant des bons points.

C'est la fin. La lumière au bout du tunnel. Le moment où tu te dis « c'est presque fini », mais en fait non, il reste encore deux semaines, ce qui, en unité enseignante, équivaut à quarante ans d'errance dans le désert sans gourde.

Les enfants ?

Ils sont déjà partis mentalement. Certains physiquement aussi. Tu fais l'appel, il te manque trois élèves et tu sais même plus s'ils sont malades, déjà en vacances ou si leurs parents les ont laissés chez papi-mamie « parce que là on peut plus ».
Ceux qui restent ont la concentration d'une mouche bourrée. Tu proposes une activité ? Ils te regardent comme si tu venais de leur annoncer une dictée sur le Code civil. Tu sors des jeux ? Ils se battent avec des Kapla. Tu mets un film ? Ils en veulent un autre. Tu leur proposes de sortir ? Ils veulent « rester dedans ». Ton cerveau ? Il flotte quelque part entre « je dois rendre

les livrets » et « j'ai oublié comment on écrit "évaluation" ». Tu fonctionnes en pilote automatique, à coups de café froid, de post-it et de menaces passives-agressives du style : « Je vous préviens, si vous continuez, je ferme les fenêtres. »

Stratégie de survie

- Arrête de demander « qui est absent ? » – s'ils ne sont pas là, c'est qu'ils sont mieux sans toi. Et toi sans eux.
- Adopte la technique du « jeu muet à durée indéterminée ». Règle 1 : celui qui parle doit ranger la classe. Règle 2 : celui qui parle doit ranger la classe. Règle 3 : celui qui parle doit ranger la classe.
- Ne corrige pas les livrets. Valide-les à l'intuition. Tu connais les enfants, tu SAIS.
- Répète-toi : « Je suis à Majorque, je suis à Majorque, je suis... »

La météo ?

Canicule. Pas de clim'.
Les enfants fondent, tu fonds, les crayons fondent.
Tu utilises ton corps comme pare-soleil pour le vidéoprojecteur.
Le ventilateur fait un bruit de mixeur et projette de la poussière de craie dans tes yeux.

Stratégie de survie

- Mets ton visage sous l'eau froide trois minutes toutes les heures. Appelle ça de l'autorégulation thermique.
- Distribue des glaçons comme récompenses. Ou menace d'enlever les seuls ventilateurs s'ils crient.
- Répète-toi : « Je suis une goutte d'eau. Je me dissous. Je m'évapore. »

CAS PRATIQUE

SPÉCIAL ENSEIGNANTE

ATSEM EN MISSION ANNIVERSAIRE

OPÉRATION GEORGETTE, 4 ANS

Georgette a 4 ans aujourd'hui. Elle ne connaît ni l'heure ni la notion de volume sonore acceptable, mais elle sait que, aujourd'hui, c'est son jour.

Étape 1 : L'avant-goûter – préparation en terrain miné

Ce que tu dois gérer avant même que ça commence :

- des ballons gonflés à la bouche, collés avec du scotch qui ne tient qu'une demi-heure ;
- des assiettes en carton qui se retournent au moindre courant d'air ;
- un gâteau fait maison par la maman de Georgette qui ressemble à une déjection canine, « sans gluten, sans lactose, sans sucre » (mais avec pépites. De quoi ? On ne sait pas).

Ton état mental : fragile, mais fonctionnel.

Conseils pour bien réussir

- Oublie les ballons : un enfant finira par les éclater avec les dents de toute façon.
- Scie la table pour qu'elle soit à niveau, sinon tout glissera comme sur une piste de bobsleigh.
- Prévois un plan B pour le gâteau de Georgette : des madeleines industrielles, planquées dans ton « tiroir de détresse », feront office de bouée de sauvetage.
- Mantra à te répéter trois semaines avant : « Tout ce qui tombe par terre est perdu. Si flemme de ramasser, laisser Gaston lécher. »

Étape 2 : La distribution du gâteau – l'acte de foi

Tu tentes de découper un gâteau dur comme du béton avec un couteau en plastique. Tu y laisses une partie de ta fierté et probablement un tendon.

Problèmes à gérer en simultané :

- Lolläh ne veut que « un petit bout, mais pas celui avec le marron dessus » ;
- Sacha-Lou est allergique à « rien, mais sa maman préfère que ce soit sans tout » ;
- Georgette veut la plus grosse part, avec la déco, et aussi ton respect éternel.

Tu distribues des parts en mode serveur d'*open bar* au festival du sucre. Tu te dis : « C'est bon, ils sont occupés, ça va aller. » Erreur. C'est là que la tempête commence.

Conseils pour bien réussir

- Ne découpe pas : écrase délicatement en forme de part pour qu'ils ne puissent pas dire que Machin en a eu une plus grosse.
- Utilise des cuillères à soupe, des barquettes en carton, une règle à tableau, tes mains si besoin. Personne ne t'en voudra. Enfin… si, mais tu n'écoutes plus.
- Ignore les demandes spécifiques. Sors une phrase floue comme : « Ah mince, je croyais que tu avais dit le contraire ! »

Étape 3 : L'après-goûter – la déferlante glucose

Le combo gâteau + jus multifruits nutriscore Z = excitation.
Une horde de petits humains fous furieux.
Ils courent. Ils hurlent. Ils collent.
Un enfant danse sur une chaise, un autre pleure parce qu'il n'a pas eu deux serviettes.
Tu ne luttes plus. Tu observes la scène avec le regard vide des survivants.

Conseils pour bien réussir

- Baisse les stores, tamise la lumière, fais croire qu'une alerte météo impose le calme.
- Si un enfant commence une phrase par « mais maîtresse… », propose une sieste immédiate. Même par terre.
- Prévois un CD de flûte de pan ou de pluie tropicale. Pas pour eux. Pour toi.

CONCLUSION

Les enfants s'en vont. Enfin.
Georgette est partie avec des miettes dans les cheveux et un sourire de tyran satisfait.
Tu passes un coup d'éponge sur la table, elle est fatiguée. Comme toi.
Ah, le gâteau d'anniversaire en maternelle, ce doux moment où tu pensais juste « faire plaisir » et où tu te retrouves dans une épreuve culinaire sponsorisée par la médecine moderne, la peur des procès et une pincée d'angoisse existentielle.

CAS PRATIQUE

SPÉCIAL PARENTS

MISSION ANNIVERSAIRE

OPÉRATION SATURNIN, 5 ANS

L'objectif :
faire un petit gâteau pour fêter les 5 ans de votre enfant avec sa classe. Simple. Chaleureux. Un souvenir mignon.
Erreur monumentale.

Difficulté 1 : La liste des interdits, l'épreuve du vide

Vous ouvrez le carnet de liaison et là… le choc. Un mot de la maîtresse avec trois post-it, un tableau Excel et une note en gras : « ATTENTION ! Merci de ne pas mettre de : gluten, lactose, œufs, fruits à coque, sucre raffiné, colorants, arômes artificiels, gélatine animale, chocolat, beurre, banane, kiwi, miel, ni traces éventuelles de tout ça. »
Donc vous devez faire un gâteau.
Sans rien.
Vous comprenez que ce n'est pas un gâteau que vous devez préparer, mais une illusion de gâteau, une forme vaguement sucrée qui n'offensera personne sur le plan digestif, moral ou juridique.

Conseils pour bien réussir

- Ne cherchez pas une recette, cherchez un compromis entre aliment et croyance.
- Utilisez des mots vagues pour le nom du gâteau : « délice léger », « surprise de fruit », « préparation amicale ». Personne ne doit trop savoir ce qu'il est en train de manger.

Difficulté 2 : Le cauchemar de la cuisine moléculaire

Vous cherchez sur Internet en tapant : « Gâteau anniversaire maternelle allergie gluten lactose pas œuf pas sucre bon courage. »

Vous tombez sur une recette vegan, bio, ésotérique, probablement écrite par une druidesse. Elle commence par : « Prenez 300 g de farine de sarrasin activé au clair de lune. » Vous continuez. Vous n'avez plus rien à perdre. Vous mélangez de la compote de pommes, de la purée d'amandes, de la fécule de maïs, de l'air et de la résignation. Vous mettez le tout au four avec espoir.
Il ressort brunâtre, dense et élastique. Une matière entre l'éponge de douche et le paillasson de votre entrée.
Mais il ne contient rien. Donc il est parfaitement autorisé.

Conseils pour bien réussir

- Si la texture ressemble à un produit de salle de bains, c'est que vous êtes sur la bonne voie.
- Prenez une photo du résultat, pas pour Instagram : pour la montrer à votre psy.

Difficulté 3 : La présentation

Vous voulez écrire « Joyeux anniversaire Saturnin » sur le gâteau. Mais vous n'avez pas le droit aux colorants ni au sucre glace ni au chocolat fondu.
Vous sculptez donc les lettres dans des lamelles de poire séchée. Ça ressemble à « Jql$eux Annivgrv Sotoupmjm ». Mais bon, l'intention est là.

Conseils pour bien réussir
- Écrivez le prénom avec des graines si vous en trouvez. Sinon, appelez ça du « design nature ».
- Emballez tout dans un torchon à motifs enfantins. Le tissu détournera l'attention du visuel.
- Souvenez-vous : « Ce n'est pas moche, c'est conceptuel. »

Difficulté 4 : La remise du gâteau

Vous apportez le truc, fièrement. Vous annoncez timidement : « Voilà, c'est sans gluten, sans lactose, sans œufs, sans sucre… enfin, c'est… voilà. »
La maîtresse vous remercie poliment.
L'Atsem vous regarde comme si vous aviez apporté une grenade artisanale.

Conseils pour bien réussir
- Ayez l'air confiant. Trop d'humilité attire les regards suspicieux.
- Terminez votre phrase par un rire nerveux et reculez doucement vers la sortie.

CONCLUSION

Vous vouliez faire un gâteau. Vous avez fabriqué une œuvre de diplomatie alimentaire, un objet d'art culinaire hypoallergénique, un caillou moelleux aux normes européennes.
Mais vous l'avez fait !

LES SORTIES EXTRA (OU PAS) SCOLAIRES !

À LA PISCINE MUNICIPALE

Tu as connu la guerre ?
Tu vas connaître les vestiaires.

Tu crois que tu vas à la piscine ? Erreur. Tu vas dans un vortex aquatique où bonnets perdus, slips à l'envers et cris stridents se mélangent dans un grand bain de vapeur chlorée et de désespoir pédagogique.

Étape 1 : La marche de la honte vers le bus

Check-list vitale avant le départ

- Autorisations parentales : à imprimer, même si elles sont envoyées à 23 h 59 par des parents trop occupés à regarder Netflix.
- Liste des élèves : avec code couleur et photo, si possible.
- Mots d'encouragement des collègues restés au chaud : « Bon courage, hein ! » (Traduction : « Je n'aimerais pas être à ta place. »)
- Tes élèves. Avec maillot et serviette Reine des neiges ou Pokémon.

Étape 2 : Le vestiaire – zone humide de non-droit

Tu entres dans un endroit où le carrelage est plus glissant que ta dignité, l'humidité te colle au front et un SVNI (slip volant non identifié) peut surgir de n'importe où.

Règles de survie

- Ne JAMAIS ramasser ledit slip.
- Séparer filles et garçons avec la délicatesse d'un agent des Nations unies.
- Répéter soixante-quatorze fois : « On ne court PAS dans les vestiaires. » (Inutile, mais thérapeutique.)

Étape 3 : La douche collective ou l'épreuve des cris

Les enfants sont confrontés à deux choses qu'ils redoutent davantage que le calcul mental :

1. Le contact avec de l'eau pas tiède.
2. Le fait d'être à moitié à oilpé avec des copains à 8 heures du matin.

Ton rôle ? Encourager et rassurer comme si tu étais en mission humanitaire et, SURTOUT, limiter drastiquement l'accès au gel douche (bataille de bulles de savon, œil qui pleure…).

Conseil de survie : regarde les vidéos des visites humanitaires de Lady Di : inspire-toi de son doux sourire et de son regard magnétique. Tends la main courageusement. Toi aussi tu es une princesse, toi aussi tu vas y arriver ! (Figures alternatives : toutes les actrices ambassadrices de l'Unicef.)

Étape 4 : Le bassin – enfer bleu chloré

La moitié a peur, l'autre moitié saute comme si on avait plusieurs vies dans la vie.
Toi tu es là, sur le bord, en pantalon retroussé, les yeux injectés de vigilance.

À surveiller

- Celui qui veut « juste essayer de respirer sous l'eau comme un dauphin ».
- Celle qui flotte sur une frite comme si c'était le *Titanic*.
- Celui qui a « oublié qu'il savait pas nager ».

Conseil de survie : compte, recompte. Compte encore !

Étape 5 : Le retour au vestiaire – la bataille des chaussettes perdues

Protocole

- Fais la chasse au slip douteux caché dans un coin.
- Accompagne la phrase « qui c'est qui a volé mon peigne ? » de compassion et de médiation.
- Reconstitue chaque élève avec ses vêtements d'origine ou au moins une tenue décente pour remonter dans le bus.
- Vérifie une dernière fois chaque sac de piscine : maillot, lunettes, bonnet.

Étape 6 : Le retour à l'école – le silence après la tempête

Dans le bus, certains dorment et d'autres mangent des BN détrempés. Toi, tu regardes par la fenêtre, mouillée de l'intérieur comme de l'extérieur et les narines encore pleines de chlore.

Conseil de survie : n'oublie pas le sac (ni un enfant) dans le bus. Vigilance jusqu'au bout !

RÉCOMPENSES

+ Un café tiède à 11 h 20.
+ Un mot d'élève : « Maîtresse, c'était trop bien, même si tu m'as pas laissé aller jusqu'au fond. »
+ Cette fierté discrète : personne n'a coulé (enfin pas complètement).

Plus de conseils pages 170-171

AU ZOO

Tu croyais avoir vu l'instinct animal ? Tu n'avais pas encore vu Vanessandre face à un distributeur de chips.

**Tu crois respirer l'air pur et enrichir les enfants avec des connaissances passionnantes sur le monde animal ? Non.
Tu vas vivre un huis clos en plein air où vingt-huit élèves dégénèrent au fil des kilomètres. C'est une expérience sensorielle extrême, un test de patience et de force mentale. (Spoiler : les plus imprévisibles ne sont pas les singes.)**

Étape 1 : La marche à travers la cour – espoirs et dénis

Check-list vitale avant le départ

- Autorisations parentales : récoltées à l'arrache, une signée « maman de Lisa » (mais laquelle ?).
- Téléphone ouvert sur le groupe WhatsApp des parents (en feu depuis 6 heures du matin : « Faut-il un chapeau ? un goûter ? une assurance vie ? »).
- Les enfants (oui, même Sachimie qui a déjà demandé trois fois à faire pipi).

> Conseil de survie dans le bus : NE T'ASSIEDS PAS AU FOND. Mets des bouchons d'oreille discrètement : les enfants chantent. Fort. Et mal. Souris et ne réponds rien quand le chauffeur t'explique qu'il ne prend pas les enfants malades.

Étape 2 : Arrivée au zoo – désorganisation faune & flore

Vous arrivez. Les enfants hurlent « UN LION ! » en montrant un panneau. Tu les briefes : « On ne court pas, on ne grimpe pas, on ne tape pas sur les vitres. » Ils entendent : « Allez-y, c'est la purge annuelle de la société, soyez vous-mêmes. »
Tu divises les groupes.
Paméla pleure, car elle n'est pas avec sa BFF. Tatajak part avec un autre groupe sans que personne ne le remarque.

Conseil de survie : respire dans un sac en papier.

Étape 3 : Première zone animale – l'illusion du savoir

Tu tentes l'approche pédagogique. Tu expliques le comportement des suricates.
Derrière toi, Zoélegue imite un phoque en poussant des cris et en se roulant dans l'herbe.
Un élève dit : « Pourquoi on ferait pas des TikTok avec les gorilles ? »

Conseil de survie : arrête tout et passe en mode « sécurité périmétrique ». Devant la cage des gorilles (pauvres gorilles !), écarte bras et jambes le plus largement possible. Fronce les sourcils et fais les gros yeux. Fais des mouvements de bras en criant (mais pas trop fort) : « On laisse les gorilles tranquilles et on s'assied au sol pour une pause recentrage méditatif ! »,

« Le premier qui continue je le jette dans la cage aux lions. » Entraîne-toi devant un miroir la veille pour te sentir plus à l'aise. Attention à ne pas être trop près des gorilles quand même ! Ni des enfants.

Étape 4 : La savane – épreuve de la distance et de la sueur

Il fait chaud.
Les enfants ont déjà vidé leurs gourdes, à peine sortis du bus.
Certains supplient pour une glace, d'autres s'écrasent contre les vitres du vivarium pour « faire peur au serpent ».
Tu perds Nolanne de vue pendant sept secondes.
Tu vis sept secondes d'enfer pur.
Tu le retrouves en train d'essayer de communiquer avec une autruche en hurlant « WESH MA GUEULE » à travers les barreaux.

Conseil de survie : arrête tout et passe en mode « sécurité périmétrique ». Devant le vivarium aux serpents (pauvres serpents !), écarte bras et jambes le plus largement possible. Fronce les sourcils et fais les gros yeux. Fais des mouvements de bras en criant (mais pas trop fort) : « On laisse les serpents tranquilles et on s'assied au sol pour une pause recentrage méditatif ! », « Le premier qui continue je le jette aux lions. » Entraîne-toi devant un miroir la veille pour te sentir plus à l'aise. Attention à ne pas être trop près des serpents quand même ! Ni des enfants.

Étape 5 : Le pique-nique – territoire de la chute

Tu tentes d'asseoir tout le monde à l'ombre. Échec : trois pique-niques sont tombés dans des fourmilières, un élève a mordu dans le sandwich d'un autre et Alexandrie a versé son Capri-Sun dans sa chaussure « par erreur ».
Tu manges debout en surveillant les mouvements suspects vers la boutique de souvenirs. Il y a toujours une boutique de souvenirs.

Conseil de survie : ferme les yeux et imagine-toi sur une plage de sable chaud. Sens le soleil sur la peau, les embruns titiller tes narines. Une belle paire de mains pose à côté de toi une caïpirinha et commence à masser tes épaules. C'est bon, non? Tu vas mieux, hein? Parfait. Maintenant, ouvre les yeux et promets un zéro au premier qui bouge.

Étape 6 : Le final – l'exaltation trop tardive

Tu passes devant les lions. Ils dorment.
Le tigre est caché.
L'enclos des éléphants est fermé.
Soudain… le paon fait la roue.
Clémence-Eulalie pleure.
Quelqu'un applaudit.
Tu es presque émue. Tu retrouves foi en l'existence.
Et là… Axel dit : « C'est grave si j'aurais fait caca ? »

Conseil de survie : ferme les yeux et imagine-toi sur une plage de sable chaud. Sens le soleil sur la peau, les embruns titiller tes narines. Une belle paire de mains pose à côté de toi un second verre de caïpirinha et commence à masser ton dos. C'est bon, non? Tu vas mieux, hein? Parfait. Maintenant, ouvre les yeux et emmène Axel aux toilettes.

Étape 7 : Retour en bus – l'abandon

Tu remontes dans le bus.
Les enfants sentent la sueur, la frite, la sueur de frite. Certains dorment sur toi.
Tu regardes par la fenêtre, les cheveux collés par l'effort. C'est bientôt la fin.

RÉCOMPENSES

+ Un post-it dans ton casier : « Merci pour la sortie, les enfants ont adoré :-) »
+ Une photo floue où tu as les yeux fermés et un enfant dans chaque bras.
+ Un souvenir impérissable : le moment où Nolan a crié « l'hippopotame, il ressemble à la maîtresse » devant tout le zoo. Tu n'es pas sûre que c'était un hommage, mais tu prends.

Plus de conseils pages 170-171

AU CINÉMA AVEC DES MOYENNES SECTIONS

Tu pensais regarder un film ? C'est le film de ta vie que tu verras passer devant tes yeux.

Tu crois que tu vas passer un moment doux, dans le noir, dans une salle confortable, à partager avec des enfants émerveillés la magie du cinéma.
Non.
Tu vas t'enfermer dans une boîte noire géante, avec vingt-trois petits humains qui ont faim, froid, chaud, envie de faire pipi et/ou peur des licornes. Bienvenue à la sortie cinéma. Le seul moment où quarante minutes de film équivalent à douze ans de fatigue.

Étape 1 : L'arrivée au cinéma – l'approche discrète (lol non)

Ils entrent dans le hall comme dans un château de Disneyland. Affiches géantes, bruit qui résonne, sol qui glisse : l'euphorie des enfants atteint des sommets.
Léonidasse hurle : « REGARDE, C'EST SPIDERMAN !!! »
Tu expliques que non, c'est Riquiqui la petite licorne et que non, Spiderman ne chevauche pas Riquiqui dans ce chef-d'œuvre de campagne publicitaire que vous êtes venus voir.
Pendant ce temps, Élina s'est assise par terre et s'est déchaussée.
Pourquoi ? Parce que.

Conseil de survie : enregistre au préalable sur ton téléphone un message du type : « On se tait et on regarde le film ou c'est pain sec au goûter TOUS LES JOURS ! » C'est le moment de le jouer pour la première fois de la journée.

Étape 2 : Le couloir vers la salle – l'escalade des stimuli

Les enfants sont censés marcher deux par deux, calmement, en silence.

Tu obtiens :

- six enfants qui rampent ;
- quatre qui jouent à chat ;
- un qui demande si les toilettes sont « aussi grandes que dans sa maison » ;
- un qui pleure parce qu'il vient de réaliser que Riquiqui n'est pas une « vraie licorne 3D tactile HDMI ».

Conseil de survie : c'est le moment de repasser l'enregistrement.

Étape 3 : Installation en salle – tout est déjà foutu

Tu les installes. Mais…

- Les sièges sont trop haut ou trop bas.
- Ils se replient automatiquement (trois enfants ont disparu dedans).

- Gabin ne voit pas l'écran.
- Mila veut être à côté de tous ses amis.

Tu tentes la pédagogie douce.
Tu échoues.

Conseil de survie : n'hésite pas à lancer l'enregistrement une troisième fois.

Étape 4 : Projection de Riquiqui la petite licorne magique – l'épreuve intime

Le film commence.
Silence.
Magie.
Pendant deux minutes.

Puis :

« Elle est où la licorne ? »

« Moi j'aime pas les paillettes. »

« J'ai faim. »

« Je peux faire pipi dans ma bouteille ? »
(Réponse : non.)

Clémence pleure parce que Riquiqui est triste.
Ethanne rit parce que Clémence pleure.
Un chewing-gum oublié sous un fauteuil devient objet de convoitise.

Le film est mignon. Doux. Poétique. Mais personne ne le regarde sauf toi, les bras remplis de manteaux et de questions existentielles.

Conseil de survie : utilise ton enregistrement pour la quatrième ou dixième fois de la journée, je ne sais plus. Toi non plus. Mais regarde le résultat : tu as préservé ta voix !

Étape 5 : Sortie de salle – chuchotements, débrief et crises

À la fin, tu espères un petit moment de retour au calme. Tu poses LA question : « Alors, vous avez aimé ? »

Réponses :

« Pourquoi elle a pas mangé un arc-en-ciel ? »

« Y avait même pas de dragon, pff. »

« Moi, j'ai vomi. »

« Moi, j'ai dormi. »

Tu souris. D'un sourire vide.

Conseil de survie : tu te souviens du conseil caïpirinha ?

Étape 6 : Retour en classe – le trajet du désenchantement

Dans le bus :

- certains chantent le générique (« Riquiqui la licorneuhhh magiqueuhhh » en boucle, d'un ton guttural) ;
- d'autres dorment, bouche ouverte, manteau sur les yeux ;
- un enfant demande si on peut y retourner demain.

Toi, tu regardes la route. Tu penses très fort à ta reconversion dans la sylviculture.

Conseil de survie : tu te souviens du conseil caïpirinha ? Ajoute un Sex in the Forest en prime.

RÉCOMPENSES

+ Un dessin offert par Mathis : une licorne, un cœur et une main avec six doigts.
+ Un merci maladroit d'une collègue : « Je n'aurais pas pu. »
+ Et cette phrase d'un enfant, douce et brutale à la fois : « Maîtresse, c'était bien, mais t'as l'air fatiguée. » Oui, Riquiqui. Fatiguée, très, très fatiguée…

Plus de conseils pages 170-171

À LA BIBLIOTHÈQUE MUNICIPALE

Un lieu de silence ?
Pas pendant leur passage !

Tu t'étais dit : « Ah, la bibliothèque… un endroit calme, propice à la découverte, à l'éveil culturel, aux petits chuchotements émerveillés ! »
Non.
La sortie bibliothèque avec une classe de maternelle, c'est comme emmener une bande de koalas surexcités dans une salle de concert classique et espérer qu'ils s'intéressent à la structure narrative.
Tu vas vivre du bruit dans le silence, de la sueur sur les albums plastifiés et des cris devant un dessin de caca dans un livre sur les émotions.

Étape 1 : L'arrivée – l'assaut des petites chaussures

Tu franchis la porte d'entrée, flanquée de vingt-deux enfants en bottes criardes.
L'agent d'accueil te salue. Il n'a pas encore compris ce qui va lui arriver.
Tu dis doucement : « On chuchote, on respecte les livres. » Ils entendent : « Fais comme à la maison, mais avec plus d'écho. »

Conseil de survie : y a une bibliothécaire, non ?

Étape 2 : La découverte des rayons – sauvages en territoire neutre

Ils se dispersent. En onze secondes, tu perds :

- deux enfants dans les BD ;
- trois dans la réserve « réservée au personnel » ;
- un qui vient d'ouvrir un dictionnaire et de déclarer : « C'est que des mots, c'est nul. »

Élina prend quatorze livres, les empile, trébuche, crie, tombe. Tu expliques qu'« on en choisit un seul chacun ». Ils pleurent tous.

Conseil de survie : y a une bibliothécaire, non ?

Étape 3 : La lecture à voix haute – l'illusion de la sérénité

Tu t'assieds sur un petit pouf coloré. Tu lis *Lulu la grenouille dit NON*. Tu mets le ton. Tu articules. Tu y crois. Mais :

- Maël montre du doigt une image et crie : « C'EST UN CACA ? »
- Mila pleure parce que Lulu dit non « et c'est méchant de dire non ».
- Léo te coupe toutes les quatre secondes : « Mais après elle va où ? », « Et pourquoi elle a une bouche ? », « Et moi j'ai mangé une feuille hier ».

Tu termines l'histoire dans une ambiance de fin de règne.

Conseil de survie : et si tu avais « une urgence » et que tu refilais le livre à la bibliothécaire ?

Étape 4 : L'atelier marque-page – collage, bagarre et désintégration

La bibliothécaire propose un atelier « fabrique ton marque-page ». Tu es naïvement ravie. Tu rêves de calme, de pliage, de gommettes collées avec soin. Tu obtiens :

- des ciseaux qui volent ;
- du feutre sur les murs ;
- un enfant qui colle ses mains entre elles « pour toujours ».

Juli tente de découper un livre.
Tomasso colle un autocollant « Licorne sexy » sur le front de la bibliothécaire. Mais où a-t-il trouvé ça ?

**Conseil de survie :
la bibliothécaire propose, elle gère !**

Étape 5 : Le choix du livre à emporter – le moment des larmes

Chaque enfant doit choisir un seul livre à rapporter en classe. Instant tragique. Ils veulent tous :

- *La Cabane des licornes*, tome V ;
- *Pipi, Crotte et Prout font du camping* ;
- un quelconque album géant qui ne rentre dans aucun sac, ni dans aucune valise de ce monde.

Conseil de survie : y a une bibliothécaire, non ?

Étape 6 : Le retour – silence, mais pas pour les raisons attendues

Dans le bus :

- ils dorment ;
- ils bavent ;
- ils tiennent leur livre contre eux comme un trésor de guerre.

Toi, tu réfléchis à combien de boîtes de chocolats offrir à la bibliothécaire pour la remercier.
Tu entends une petite voix derrière toi murmurer : « Maîtresse, c'était le plus beau jour de ma vie. »
Tu fonds.
Mais tu sais que, demain, tu devras lire quatorze fois le même livre et expliquer encore pourquoi « non, les bibliothécaires ne dorment pas dans la bibliothèque ».

RÉCOMPENSES

+ Des livres pleins de morve et d'amour.
+ Une petite voix dans ton oreille qui dit : « Moi plus tard je veux être livre. » Tu ne sais pas ce que ça veut dire, mais ça te touche.

Plus de conseils pages 170-171

SPÉCIAL ENSEIGNANTE

QUOI EMPORTER EN SORTIE SCOLAIRE
POUR GARDER LE GOÛT DE LA VIE ET LES ENFANTS EN VIE

Ou comment revenir avec tous les enfants et un cerveau encore à peu près fonctionnel.

1. La paperasse indispensable

- ☐ Autorisations signées par les parents (dont douze perdues et une retrouvée moisie dans le cartable).
- ☐ Listes des élèves (avec photo, groupe sanguin et niveau de chaos généré).
- ☐ Numéros d'urgence (même celui du maire, au cas où un enfant grimpe sur une statue et y reste coincé, sauf si c'est Jordan, là c'est pas grave).
- ☐ Fiches avec allergies, intolérances, phobies, fragilités émotionnelles, compatibilité astrologique.
- ☐ Pochette plastifiée pour chaque élève à suspendre autour du cou avec matricule de l'école, de l'enseignante ou d'une personne tierce si vous ne voulez pas aller le récupérer.

2. L'équipement de l'enseignante-préparée-à-tout

- ☐ Gilet jaune fluo (pour être confondue avec un agent de la SNCF).
- ☐ Sifflet (que tu n'utiliseras jamais, sauf pour tonner un « NON » désespéré dans le jardin du musée).
- ☐ Chapeau ridicule (soleil + enfants = insolation ou migraine, au choix).
- ☐ Sac à dos de huit kilos (eau, trousse de secours, trousses PAI, trousses tout court).
- ☐ Pansements (surtout pour les bobos imaginaires).

- ☐ Crème solaire (que tu étaleras sur vingt-six enfants, mais pas sur toi).
- ☐ Paquets de mouchoirs (qui serviront aussi à sécher les larmes, à nettoyer un caca de pigeon ou à tamponner un nez en détresse).

3. Le kit de sauvetage mental

- ☐ Barre chocolatée d'urgence pour adulte (à consommer en cachette derrière un arbre).
- ☐ Bouchons d'oreille.
- ☐ Carnet pour noter toutes les phrases absurdes entendues.
- ☐ Thermos de café (noir noir **noir**).
- ☐ Une photo de ton lit, pour te rappeler que, un jour, tu y retourneras.

4. Pour gérer les imprévus (car il y en aura)

- ☐ Vêtements de rechange (pour les enfants… mais tu devrais peut-être aussi en prendre pour toi, on ne sait jamais).
- ☐ Sac en plastique pour vêtements mouillés et restes de goûters fondus.
- ☐ Feutres et feuilles pour occuper les quatre qui ont « fini trop vite ».
- ☐ Jeux silencieux (le mot « silencieux » est ici purement décoratif).
- ☐ Un paquet de bonbons, non pas pour faire plaisir aux enfants… mais pour marchander leur calme.

5. Les essentiels

- ☐ Du courage.
- ☐ De l'humour.
- ☐ Un soupçon de résignation.
- ☐ La promesse que, un jour, cette sortie sera juste un souvenir vague dans un PowerPoint de fin d'année.

Conseil bonus

Prévois une récompense en rentrant : un bain chaud, une sieste, un mojito ou… les trois en même temps. Tu l'as mérité.

SPÉCIAL ENSEIGNANTE

BONUS !

CHECK-LIST EXCLUSIVE SORTIE PATINOIRE

1. Avant le départ : remise en question existentielle

- ☐ Vérifie que chaque enfant a des gants, des chaussettes et pas de lacets imaginaires (oui, y en a toujours un qui vient en Crocs).
- ☐ Prépare-toi mentalement à chausser vingt-six paires de patins, soit l'équivalent d'un stage commando chez les pompiers.
- ☐ Étiquette chaque enfant de son prénom avec un sticker, un dossard ou au marqueur si nécessaire.
- ☐ Repère les quatre qui diront au dernier moment : « J'ai peur. Je veux pas y aller. Je préfère rester avec la dame du ménage. »

2. Le trajet : bus ou supplice roulant

- ☐ Compte les enfants quatorze fois (et recompte-les en arrivant, juste pour être sûr que Léonidas n'a pas ouvert une fenêtre en douce).
- ☐ Gère les pipis de dernière minute… et les pipis pendant la minute.
- ☐ Ignore les questions existentielles : « Est-ce qu'on peut mourir si on tombe sur la glace ? »
- ☐ Fais semblant de ne pas entendre les chants en boucle : « Libérée, délivrée » en version hurlement collectif.

3. Sur la glace : plongeon en absurdie

- ☐ Essaye de chausser des patins à des enfants dont les pieds sont aussi dociles que des anguilles épileptiques.
- ☐ Explique vingt-six fois que « non, on ne fait pas des figures artistiques tout de suite ».
- ☐ Ramasse des enfants toutes les trois secondes (record actuel : 172 chutes en une heure).
- ☐ Souris poliment aux parents accompagnateurs qui disent : « Ils sont adorables ! » (sauf quand ils t'écrasent les orteils) ou « Vous avez tellement de patience ! » (En trempant leur madeleine dans un chocolat chaud.)

4. Le retour : état de fatigue avancé

- ☐ Ramasse une moufle orpheline, deux chaussures sans propriétaires et un slip Spiderman mystère.
- ☐ Recompte tout le monde, y compris le chauffeur (parce qu'on est plus sûr de rien).
- ☐ Retiens-toi de dire : « Plus jamais ça » en public.
- ☐ Sèche quatorze paires de gants, sept pantalons, trois enfants entiers.
- ☐ Colle un sourire sur ton visage pour quand tu diras aux parents à 16 heures : « Oui oui, tout s'est très bien passé, ils ont adoré ! »

5. Après : soins intensifs

- ☐ Coule-toi dans un bain chaud, avec ou sans cris d'enfants fantômes en tête.
- ☐ Prévois une soirée au calme avec ton canapé, ton plaid et ta série refuge.
- ☐ Demande un bon pour un jour de repos. (Remboursé en ricanements par ta direction.)
- ☐ Marque cette date d'une pierre froide et glissante : le jour où tu as survécu à la patinoire.

SPÉCIAL PARENTS

PARENT ACCOMPAGNATEUR AU MUSÉE DE LA COQUILLE D'ESCARGOT : EXEMPLAIRE OU SUICIDAIRE ?

Vous pensiez voir des gastéropodes?
Vous verrez des enfants qui lèchent les vitrines.

Vous avez dit oui. Vous vous êtes dit :
« Ça va être sympa, je vais passer un moment avec mon enfant, découvrir des choses... »

Non.

Vous allez passer deux heures et quarante-deux minutes en enfer, au rythme du pas lent d'un guide passionné et du bruit constant de chaussures à scratch sur du carrelage muséal.

Étape 1 : La constitution des groupes — ou le sacrifice des âmes

Vous arrivez frais, naïf, avec votre sac à dos et votre badge « parent accompagnateur ».
La maîtresse vous donne une fiche avec trois prénoms barrés, deux raturés et une flèche vers « Léandro (attention) ». Vous êtes responsable de cinq enfants, dont aucun n'est le vôtre.

Et vous n'avez que deux consignes :

1. Ne pas les perdre.
2. Ne pas laisser Sullivanne lécher quoi que ce soit.

Étape 2 : Le trajet en bus – la pire discothèque du monde

Vous vous asseyez au fond.
Erreur.
C'est la fosse. Ça crie, ça chante , ça mange des chips à 9 h 12.
Un enfant vous regarde fixement pendant trente-cinq minutes sans cligner des yeux. Vous commencez à douter de votre santé mentale.
Le bus freine. Flatula vomit. La sortie commence.

Étape 3 : L'arrivée au musée – zone de désillusion

Ce musée est charmant. Enfin, il le serait, sans vingt-sept enfants qui tapent sur les vitres en criant « Y A UN GROS ESCARGOT MORT ICI !!! »

Le guide, retraité malacologiste, parle avec passion de la coquille hélicoïdale du bulime zébré.
Les enfants n'écoutent pas. Vous non plus, en fait. Vous êtes occupé à empêcher Mathis de s'enrouler dans la corde de sécurité comme un sushi.

Étape 4 : La visite – mission impossible en rangée deux par deux

Un enfant éternue sur une maquette en 3D d'escargot géant. Un autre demande si les coquilles c'est comme les pulls, mais d'escargot. Vous souriez, mais vous commencez à trouver le temps long.

Étape 5 : La boutique du musée – étape de la ruine et du bruit

Budget annoncé : deux euros max.

Produits disponibles :
- porte-clés en forme de coquille (5,60 €) ;
- autocollants bizarres (3,90 €) ;
- coquilles vides (2,99 €, sans escargot, sans intérêt).

Crise. Larmes. Révolte sociale.
Vous financez vous-même un carnet à spirale en forme d'escargot pour apaiser la situation. Vous êtes faible. Mais vous voulez juste rentrer chez vous.

Étape 6 : Le retour – le silence post-traumatique

Dans le bus, personne ne parle. Les enfants dorment, le chauffeur écoute Nostalgie et vous, vous fixez le vide, une coquille d'escargot dans la main, comme un vétéran de guerre éducative.

CONCLUSION

Vous avez survécu.
Vous êtes revenu avec tous les enfants et seulement quelques séquelles légères.
Vous êtes un héros discret. Un martyr de la culture.
La maîtresse vous dit : « Merci beaucoup, c'était super. On fait le musée du Béton recyclé la semaine prochaine, vous êtes dispo ? »
Vous souriez. Et vous vous enfuyez. En courant.

« AVOIR DES ENFANTS, C'EST PASSER DU "JE VEUX CHANGER LE MONDE" À "JE VEUX FAIRE PIPI SEULE". »

CODE ROUGE
AU PAYS
DES BISOUNOURS

« ILS JOUENT À TOUCHE-PIPI SOUS LE TOBOGGAN »

Tu voulais enseigner les couleurs,
tu gères l'éveil sexuel à 10 h 17.

Tu es dans la cour. Il fait beau.
Tu profites d'un moment de pseudo-calme récréatif, quand soudain…
Le silence.
Tu connais ce silence. Ce n'est pas la paix. C'est la tempête qui s'organise en sous-sol.
Tu t'approches du toboggan.
Deux enfants.
En pleine séance d'« exploration corporelle mutuelle non homologuée ».
Tensions au sommet. Gênes en pagaille. Tu t'apprêtes à gérer un moment pédagogique délicat, sans causer ni traumatisme ni convocation au rectorat.

Étape 1 : Ne pas hurler

Oui, tu as envie.
Non, tu ne dois pas.

Réaction recommandée :
1. Respire.
2. Avance calmement (tu n'es pas un chien d'attaque, tu es une éducatrice).
3. Dis une phrase neutre du type : « Oh, je vois qu'on est très curieux ici, mais je vais vous demander de remettre les pantalons sur les fesses, merci. » Ne pas ajouter : « Purée, mais vous êtes des grands malaades ! » même si ton cerveau le pense très fort.

Étape 2 : Stopper l'action en gardant ta dignité

Objectif : Ramener les corps et les esprits dans un cadre socialement vivable.
Formule magique : « On explore son corps tout seul, dans un endroit privé, quand on est chez soi. » (C'est vrai. C'est simple. C'est validé par des gens sérieux.)

Étape 3 : Faire redescendre la température (pas celle de la cour, celle de l'ambiance)

Stratégie :
1. Sépare physiquement sans alarmer : « Tu viens m'aider à ranger les seaux ? »
2. Dévie l'attention collective avec un grand classique : « Qui veut chercher des vers de terre ? »

Règle d'or : En maternelle, tout le monde oublie très vite, sauf toi.

Étape 4 : Recadrer sans culpabiliser (ni toi ni eux)

Grâce à une petite discussion individuelle (au calme, assis, après coup) en trois temps :

1. Adapte ton langage verbal et corporel : souviens-toi que tu ne fais pas un interrogatoire du FBI.
2. Pose une limite claire, simple, non dramatique.
3. Explique que le corps, c'est intime, que la curiosité est normale, mais que ce genre de jeu n'est pas pour l'école.

Tu restes l'institutrice, pas l'exorciste.

Étape 5 : La version pour les parents (sans que ça dégénère en dossier enfance en danger)

Objectif : alerter sans affoler.
Choisis les bons mots, du type : « Il y a eu un petit jeu entre enfants autour de la découverte du corps. On a recadré tout en douceur. Tout va bien. »
Évite : « Votre enfant a été trouvé en slip dans un tunnel en plastique en train de toucher la moitié du groupe 2. »

Étape 6 : La récupération post-traumatique

Tu viens de gérer l'équivalent d'une conférence TED sur l'éducation à la pudeur, en live, dans la cour, avec des pantalons baissés et un témoin qui mangeait un caillou.

Tu as droit à :

- une grande gorgée de café (même froid) ;
- un regard complice avec l'Atsem ;
- un soupir long comme un mois de mai sans pont.

RÉSUMÉ POUR TON CERVEAU ÉPUISÉ

- C'est normal. Oui, vraiment. C'est une étape.
- Ce n'est pas dramatique. Ce qui compte, c'est ta réaction.
- Tu es une pro. Même si tu viens de dire « le zizi, c'est personnel » en tenant une boîte de Kapla.
- Tu as géré. Le calme, la pédagogie, le toboggan. Tout.

« LE PETIT BRANDON A FAIT CACA DANS LA PISSOTIÈRE »

Et toi, tu voulais juste finir ton puzzle alphabet tranquille.

Il est 10 h 40. Tu fais ton quatrième passage de la matinée entre l'atelier pâte à modeler et la table à gommettes quand Kevin arrive l'air paniqué : « Maîtreeeeesse… y a un truc bizarre dans les toilettes des garçons… C'est comme un… comme un caca mais debout. »
Tu sais.
Tu n'as pas encore vu, mais tu sens.
Ton instinct d'institutrice te hurle « BRANDON ».

Étape 1 : Ne pas s'enfuir par la fenêtre

Oui, tu le peux. Mais non, tu ne le dois pas.

Réaction recommandée :

1. Respire.
2. Prépare-toi mentalement à découvrir un caca verticalement positionné dans un dispositif prévu pour des jets liquides.

Tu entres dans les sanitaires. Tu vois la scène.
Réaction recommandée : reste impassible.

Étape 2 : Ne pas hurler : « Pourquoi ? »

Brandon, 4 ans, te regarde avec fierté et zéro culpabilité : « J'ai pas eu le temps. Et après, c'est tombé. »

Traduction :
- il a confondu ;
- il était pressé ;
- il vit sa meilleure vie ;
- il ne voit absolument aucun problème.

Étape 3 : Gérer l'urgence, pas le drame

Matériel nécessaire :
- gants (si disponibles, sinon un sac en plastique + du courage) ;
- lingettes, spray désinfectant, regard vide ;
- ruban de scotch rouge (option « zone interdite ») ;
- un air professionnel malgré tout.

Procédure recommandée :
- évacue les curieux avec une phrase type : « Ce n'est pas un zoo, merci de circuler. »
- isole Brandon gentiment (pas dans un cachot, juste loin du lieu du crime) ;
- nettoie, sans penser, sans respirer ;
- désinfecte la pissotière, la zone autour, ta dignité.

Étape 4 : Le recadrage éducatif en mode « on fait comme les grands »

Tu prends Brandon à part.

Réaction recommandée :

1. Évite le mot « caca ».
2. Respire.
3. Choisis des mots tels que : « Tu sais, les toilettes, c'est comme les routes : y a une place pour chaque chose. Le pipi ici. Le caca là. C'est important. »

Brandon acquiesce.
Il n'a rien écouté.
Tu as posé le cadre, et ça, c'est l'essentiel.

Étape 5 : Le mot aux parents

Tu hésites. Tu ne veux pas humilier. Mais tu dois informer. (Oui, même ça.)

Procédure recommandée :

1. Choisis la diplomatie scolaire de haut niveau : « Petit incident aujourd'hui aux sanitaires, rien de grave. On a pu expliquer à Brandon l'importance de bien choisir les toilettes pour les différents besoins. Pas d'inquiétude, tout va bien ! »
2. Termine par un smiley discret dans le cahier, pour adoucir le choc (💩).

Étape 6 : La récupération post-traumatique

Tu retournes en classe. Tu as raté l'atelier peinture.
Ton tee-shirt sent le vinaigre blanc.
Mais tu es encore debout. Tu as survécu.

RÉSUMÉ POUR TON CERVEAU ÉPUISÉ

- Oui, un caca peut finir dans une pissotière.
- Non, ce n'est pas le pire que tu verras.
- Oui, tu es encore une vraie enseignante.
- Non, tu n'auras jamais cette scène dans une formation académique.
- Oui, Brandon t'aime. Même après ça. Peut-être même surtout après ça.

« KIMBERLEY, 7 ANS, A BU 1 LITRE DE GOUACHE ROSE À PAILLETTES »

Tu voulais juste faire un atelier « empreintes de feuilles », tu finis en mode appel toxicologique et gestion de licorne intérieure.

Vendredi, 10 h 15. Atelier « peinture libre ».
Toi, fière et confiante, tu laisses les enfants s'exprimer avec des pots de gouache, des pinceaux, de la liberté, de l'art.
Et là, dans un coin…
Kimberley.
Bouche rose fluo. Doigts pailletés. Bidon vide.
Le pot est là. VIDE.
Elle te regarde et dit : « J'avais soif et c'était joli. »

Étape 1 : Diagnostic rapide version maître Shaolin

Vérifie les éléments suivants :
- Kimberley respire ? ☑
- Kimberley parle ? ☑
- Kimberley a maintenant la langue rose pailletée comme une drag-queen en fin de soirée ? ☑

Le pot contenait bien de la gouache à l'eau, sans solvants (merci le fournisseur scolaire niveau « non toxique sauf ingestion massive »).
C'est bien. Ce n'est pas du cyanure.
C'est juste… beaucoup de pigment et de paillettes.
Probablement trop.

Étape 2 : Gérer Kimberley avec dignité et gobelet d'eau

« Kimberley, tu vas venir t'asseoir un moment, boire de l'eau et réfléchir à des boissons plus logiques pour assouvir la soif un peu plus tard, d'accord ? »
Tu sors un verre.
Tu fais boire.
Évite de lui lancer : « Tu risques de faire pipi arc-en-ciel dans douze heures », même si tu en meurs d'envie.

Étape 3 : Le coup de fil à l'infirmière / au centre antipoison

Reste calme en appelant le centre antipoison.

« Bonjour, ici l'école élémentaire… Oui, tout va bien, juste une élève qui a bu un litre de gouache rose. Oui. Avec des paillettes. Oui, un litre. Non, ce n'est pas une blague. Oui, elle a l'air ravie. Non, moi pas trop.
— Si elle ne vomit pas des arcs-en-ciel dans l'heure, tout ira bien. Vous pouvez surveiller. »

Tu peux raccrocher, tu peux t'effondrer. Intérieurement. Comme une professionnelle.

Étape 4 : La discussion éducative postgoûter coloré

Assieds-toi avec Kimberley. Reste calme, tu es pédagogue ! Tu es zen (en surface).

« Alors Kimberley, est-ce qu'on peut boire ce qu'on trouve dans des pots de peinture ?
— Non.
— Pourquoi ?
— Parce que ça donne envie de vomir et que maintenant j'ai le ventre qui brille.
— Parfait. »

Le message est passé.

Étape 5 : Le mot aux parents (en version défensive et diplomatique)

N'écris jamais dans le cahier de liaison : « Votre fille a bu un litre de gouache rose, je suis au bord de la dépression. » Préfère : « Petit incident aujourd'hui : Kimberley a goûté un peu de peinture (non toxique). Elle va bien, nous avons pris les mesures nécessaires et en avons profité pour rappeler les règles sur les produits non comestibles. Merci de votre vigilance à la maison également. »

Étape 6 : Les conséquences à long terme

- Tu ne regarderas plus jamais un pot de gouache de la même façon.
- Kimberley aura désormais un gobelet d'eau attitré et un surnom dans la salle des maîtres (« L'aspirateur à paillettes »).
- Tu feras signer une charte d'utilisation de la peinture avec clauses, pictogrammes et traduction en langage licorne.
- Surtout, tu prévoiras des ateliers moins dangereux. Comme la sieste. Ou la lecture. Ou la retraite anticipée.

CONCLUSION

Tu es prof. Tu gères des apprentissages fondamentaux, des émotions complexes et des enfants qui boivent de la gouache comme si c'était un smoothie Starbucks. Bravo. Tu es une super-héroïne.

« TOUTE MA CLASSE A LA GASTRO »

L'Apocalypse est venue et elle a une odeur de compote et de javel.

Tu es institutrice. Tu as vu des choses : des chaussettes dans des trousses, des enfants qui mangent des mouchoirs, des débats sur la couleur de la colle. Mais tu n'étais pas prête pour la gastro collective. Le matin commence avec une phrase banale : « Maîtresse, j'ai mal au ventre. » À 9 h 42, trois enfants vomissent en chorale. À 10 h 50, tu comprends que tu viens d'entrer dans l'enfer intestinal niveau 5.

Étape 1 : Mettre le cerveau en mode « survie biologique »

Oublie les ateliers autonomes, les prénoms en lettres mobiles et même les chansons de Noël !

Sache que tu entres dans une dimension parallèle :

- où tu communiques en lingettes ;
- où tu remplaces ton stylo rouge par du gel hydroalcoolique ;
- où tu repères un enfant malade au teint verdâtre et au regard vide avant qu'il explose.

Étape 2 : Mettre en place un plan d'évacuation d'urgence (du tapis)

Grâce au code couleur que j'ai pensé pour toi, c'est très simple !

1. Zone rouge® : tapis. Interdit. Contaminé. Soupçonné de crimes bactériens.
2. Zone orange® : coin dînette. Des tomates en plastique ont été projetées. Personne ne sait comment. On ne discute pas. On isole.
3. Zone verte® : coin sieste pour ceux qui n'ont pas vomi, mais qui tremblent comme des vieux écureuils.

Étape 3 : S'habiller pour la guerre

Tenue recommandée :

- blouse jetable (ou vieille chemise de tonton) ;
- masque (optionnel, mais psychologiquement vital) ;
- gants (si tu as la chance de vivre dans une commune riche) ;
- regard paniqué, mais déterminé.

Ton Atsem ? Une déesse guerrière, armée d'un seau, d'une lavette et de la force d'un mille-pattes.

Étape 4 : Communiquer avec les parents (sans causer une émeute)

Choisis un message du type : « Bonjour, petit message rapide : nous avons plusieurs enfants absents pour troubles digestifs et quelques incidents ce matin. Rien d'alarmant, mais soyez

vigilants aux symptômes. Pensez à garder votre enfant à la maison s'il présente des signes de gastro. »
Même si tu penses : « Si votre enfant a éternué, gardez-le. »

Étape 5 : Gérer les enfants « au bord »

Tu développes un sixième sens. Tu les observes. Tu sais que Luca fait cette tête-là avant de repeindre son pull.

Consignes à répéter calmement :

« Si tu veux vomir, tu me le dis AVANT. »

« Non, on ne mange pas ses crottes de nez.
Encore moins aujourd'hui. »

« Tu es tout pâle, tu veux un seau
ou un câlin ? Les deux ? OK. »

« On va faire un atelier respiration. Assis.
Immobile. À trois mètres de Kevin. »

Étape 6 : Le décompte des victimes

- Matin : trois vomis, un pantalon changé, quatre moues suspectes.
- Midi : deux enfants absents « par précaution », une cacatastrophe.
- 15 heures : un adulte contaminé. (Toi. Mais tu nies. Tu es forte. Tu es l'instit'. Tu refuses de tomber avant le goûter.)

Étape 7 : La désinfection rituelle

Lave. Relave. Désinfecte des objets qui ne devraient pas exister.
À 17 heures, la salle sent le citron acide et le drame.
Tu es trempée. Tu es vidée. Tu es vivante.

Étape 8 : Soin de l'héroïne

À ton retour à la maison, enroule-toi dans une couverture. Bois de la tisane. Souris bêtement en regardant un mur propre.

CONCLUSION

Tu as survécu à l'épidémie.
Tu as affronté les fluides corporels avec dignité.
Tu as géré une classe de minihumains en mode digestion défaillante.
Tu es un modèle.
Tu es un phare dans la tempête.
Et tu sais que dans trois semaines...
C'est la varicelle.
Bonne chance.

FACE TO FACE

FACE À UN COUPLE DE PARENTS AUTOCERTIFIÉS PSYCHO-PÉDAGOGUES

« J'ai fait cinq ans d'études pour qu'on m'explique que "c'est juste son chakra du langage qui bloque". »

Il est 17 h 30.
Et là, ils arrivent.
Les parents.
Pas n'importe lesquels.
Les experts autodéclarés de la parentalité positive 4.0.
Ils ne sont jamais fatigués. Ils parlent en citations.
Et ils commencent par : « On a vu une vidéo très intéressante sur les mécanismes de l'opposition à 4 ans. »
Ton corps se raidit.
Ton âme s'évapore.
Mais tu restes là.
Parce que tu es brave.
Et sous-payée.

Étape 1 : Accueillir la théorie

« On pense que si Clitis-Anasthase mord, c'est qu'il a un trop-plein d'énergie créative qui cherche à s'exprimer oralement. Il est hypersensible kinesthésique à dominance intuitive. Il a un rapport très puissant à la frustration de type spirituel. »

Tu souris. Tu ne réponds pas tout de suite.
Tu prends un stylo. Tu gribouilles une spirale. Tu te fais croire que c'est du yoga.
Puis tu dis : « Effectivement, Clitis-Anasthase explore beaucoup de choses. Hier, il a exploré la mâchoire de sa camarade avec ses dents. Intensément. »

Étape 2 : Gérer les remises en question (de toi, de l'école, de la société)

« Vous utilisez encore le système des prénoms verts/rouges ? C'est violent pour le cerveau. Est-ce que vous avez intégré la gestion par la pleine conscience collective ? On aimerait qu'il ne soit pas contraint à l'activité pâte à modeler, c'est une matière qu'il rejette vibratoirement. »

Tu hésites à te rouler sous ton bureau.
À la place, tu replies calmement ton emploi du temps et tu réponds : « À la maison, vous suivez votre rythme. À l'école, on suit le programme. Et parfois, on suit aussi… des procédures sanitaires à la suite d'ingestion de gouache. »

Étape 3 : Détourner l'offensive

Tu sors le dernier dessin de Clitis-Anasthase. Celui avec trois bonshommes sans tête, une pluie de couteaux et un chien qui pleure.
Tu le poses sur la table.
Tu dis doucement : « Et ça, c'est ce qu'il a appelé "le plan de vengeance contre les copains qui m'ont pas laissé jouer à la voiture rouge". »
Tu laisses flotter le silence.
Tu bois une gorgée d'eau.
Tu as repris le pouvoir.

Étape 4 : Faire passer le message en langage *new age*

Ils ne veulent pas entendre : « Votre enfant est infernal et peut-être un peu sociopathe. »
Tu dis donc : « Clitis-Anasthase est un enfant solaire, mais il a besoin de limites bienveillantes, clairement verbalisées et fermement posées. Il traverse une zone de turbulence comportementale qu'on accompagne avec des outils corégulateurs. On essaye de le ramener dans la bulle du groupe sans dégonfler sa personnalité. »
Ils hochent la tête.
Ils notent.
Ils t'admirent.
Tu mens, mais en jargon. Et ça, c'est de l'art.

Étape 5 : La conclusion diplonerveuse

Tu proposes un cahier « de suivi des émotions » (vide), un coin de recentrage (placard à balais) et une fiche de suivi sensoriel (feuille blanche pliée en deux).
Ils sont ravis. Ils te disent : « **Merci. Vous êtes très à l'écoute, c'est rare.** »
Tu souris.
Tu as gagné.

CONCLUSION

**Tu n'as pas craqué. Tu n'as pas fui. Tu n'as même pas renversé ton café dans leur sac en cuir vegan.
Tu n'es pas juste une maîtresse. Tu es une diplomate.
Une illusionniste. Une acrobate des nerfs.
Et lundi, tu retrouves Clitis-Anasthase. Toujours armé de ses dents. Toujours en harmonie intérieure. Et toujours dangereusement aligné avec son chakra destructeur.**

FACE AUX PARENTS « EXPERTS EN NUTRITION CONSCIENTE »

« Les frites ont détruit l'aura digestive de mon enfant. »

Tu accueilles les parents de Jozeffariah venus échanger sur un sujet grave et urgent. Tu penses : incident dans la cour ? problème relationnel ? pipi mural ?
Non.
La maman a un sac en lin avec un thermos, le père une pochette en liège recyclé et ils te fixent comme si tu avais assassiné leur enfant avec une frite.

Étape 1 : Faire semblant de ne pas s'écrouler intérieurement

Tu réponds poliment : « Oui, c'était le vendredi. Le menu festif. Les frites étaient au four, hein. Pas frites-frites. Plutôt… euh… dorées. » Ils te regardent comme si tu avais dit : « On a offert un shoot de Red Bull à votre fils en entrée. »

> « Jozeffariah n'est pas conditionné pour ce type d'aliment. Il est sous régime anti-gluten, anti-lactose, anti-inflammation énergétique. »

Étape 2 : Défense en mode école publique, pas retraite au Tibet

Tu expliques, posément, que :

- non, les enfants n'ont pas tous un bol d'algues fermentées à la maison ;
- oui, il y a un équilibre sur la semaine ;
- non, tu n'as pas les moyens logistiques de proposer un repas « ayurvédique à vibrations douces » dans une cantine où le ketchup est stocké à côté des éponges.

Étape 3 : Le plan d'action surréaliste

Ils proposent :

- une boîte repas maison, isotherme, sans micro-ondes (**« Les ondes, c'est un non catégorique »**) ;
- une fiche d'instructions « alimentaires & spirituelles » ;
- un rituel de gratitude avant de manger (**« Jozeffariah mettra les mains en triangle, mais pas de moqueries, svp »**).

Tu dis : « Très bien. Mais pensez à étiqueter les boîtes. »
Tu penses : « Je vais devoir empêcher Kevin de voler les graines de chia. Encore. »

Étape 4 : La phrase de trop

> « Et puis, à la maison, il mange cru. Il n'a jamais connu de plat chauffé. Son corps ne sait pas quoi faire avec des patates chaudes. »

Tu t'excuses d'aller boire un verre d'eau.
Tu vas rire dans les toilettes. Silencieusement. En te mordant le poing.

CONCLUSION

Ils repartent rassurés.
Toi, tu notes dans ton carnet : « Jozeffariah : pas de frites, pas de cuisson, pas de sucre, pas de plaisir. »
Et tu rentres chez toi. Tu ouvres un sachet de chips.
Tu te verses un verre de vin.
Et tu lèves ton toast à tous les profs qui entendent chaque semaine : « À la maison, il mange tout, hein. Peut-être que c'est l'école qui ne le stimule pas assez. »

FACE AUX PARENTS DE L'ENFANT « HYPERSENSIBLE AUX BRUITS DE COLLE »

« Mon enfant est une antenne émotionnelle, il ne supporte pas les PLOCS. »

C'est mardi.
Tu t'apprêtes à coller des gommettes sur le thème « la forêt enchantée » quand surgit Arrah-Kirie, en larmes, la main sur la tempe, genre migraine préapocalyptique.
Tu penses d'abord : « Ah. Encore une qui a avalé une bille. »
Mais non.
Elle chuchote, la voix tremblante : « Maîtresse… J'aime pas quand on ouvre les colles. Ça fait des petits bruits. Ça me fait mal dans le cœur. »
Tu ranges ta colle. Tu la réconfortes. Tu passes à l'atelier pâte à modeler.
Tu crois que c'est fini, mais le lendemain les parents de Arrah-Kirie demandent un rendez-vous.

Étape 1 : La découverte du diagnostic de salon

> « Arrah-Kirie est hypersensible. On l'a testée à la maison avec un test vibratoire sur YouTube. Elle perçoit des choses qu'on ne voit pas. Elle sent les intentions de la colle. Quand quelqu'un ouvre un stick trop vite, elle absorbe l'angoisse du geste. »

Tu souris. Tu hoches la tête. Tu imagines le tube UHU avec des sentiments.
Tu perds un peu foi en l'humanité. Mais tu résistes.

Étape 2 : La demande d'aménagement personnalisé

> « On aimerait qu'un espace sensoriel soit mis à disposition quand Arrah-Kirie se sent agressée par les sons. »

Tu demandes des précisions.

> « Un tipi, un fauteuil, des lampes douces, des galets de ressourcement, un casque en fibres naturelles et une playlist de harpe elfique. »

Tu n'as pas ça.
Tu as :

- une chaise bancale ;
- une boîte de mouchoirs ;
- un coin bibliothèque infesté de livres mutilés et de crottes de nez oubliées.

Étape 3 : L'atelier re-imaginé selon Arrah-Kirie

Tu testes. Tu proposes à Arrah-Kirie de fermer les yeux pendant l'ouverture des colles. Elle hurle.
Tu proposes de faire semblant de coller avec des bouchons. Elle crie que les bouchons « savent quand ils ne servent à rien ».
Tu proposes de coller pour elle. Elle t'accuse de « vol sensoriel ».

Étape 4 : La stratégie de détournement pédagogique

Tu inventes une colle imaginaire.
Tu dis : « C'est la colle du silence magique. On la pense très fort et PAF ! La gommette colle toute seule. »
Arrah-Kirie adore. Elle colle avec les yeux. Elle sourit.
Tu as gagné.
Mais quinze autres enfants hurlent maintenant parce que leur colle ne fonctionne pas « dans la tête ».
Tu cries dans ton âme.

Étape 5 : Le compte rendu pour les parents

Tu rédiges : « Arrah-Kirie a exprimé un inconfort vis-à-vis de certains bruits. Nous avons mis en place des stratégies d'écoute et de contournement. Elle semble désormais investie dans les activités… à sa façon. »
Traduction : « Elle colle avec le regard et menace ceux qui font du bruit invisible. »

CONCLUSION

Arrah-Kirie reste sensible.
Les autres collent.
Toi, tu ne sens plus ton front.
Mais tu es restée calme.
Tu n'as pas fait de crise.
Tu n'as pas claqué de stick UHU contre un mur en criant : « C'est moi l'hypersensible ici ! »
Tu es une professionnelle.
Tu es un phare dans la tempête éducative.
Tu es… à deux doigts de demander un espace sensoriel pour TOI.

LA RENCONTRE PARENTS-PROFS

Ou comment garder ton calme quand on t'explique que Llohannah ne fait pas d'erreurs, c'est juste que tu ne la comprends pas.

Commence par relire les bulletins, les évaluations, les dessins menaçants de Llohannah (celui où elle t'a représentée avec un sabre laser planté dans le cœur est particulièrement expressif).
Repasse en mémoire les mots-clés du langage diplomatique : « élève dynamique », « grande autonomie comportementale », « relation au travail fluctuante ».

Prépare ton attirail :

- ta chemise sobre (ni trop stricte, ni trop « j'ai abandonné l'idée d'une vie ») ;
- ton paquet de mouchoirs (polyvalent : larmes de joie, de colère ou de sueur) ;
- ton sourire bienveillant (scotché ou dessiné si besoin) ;
- ton stylo, non pas pour écrire, mais pour te rappeler que tu es encore vivante à chaque fois que tu le serres entre tes dents.

Étape 1 : Tact, contorsions verbales et respiration contrôlée

La règle est simple : commence toujours par une qualité. Même s'il faut la chercher très, très loin : « Elle est très présente », « Il respire bien » ou « Il est souvent dans l'instant » peuvent suffire.
Puis, aborde le reste.

Surtout, ne dis jamais	Préfère
« Elle ne fait rien. »	« Elle explore d'autres formes d'apprentissage. »
« Il mange la colle. »	« Il est dans une démarche sensorielle. »
« Elle a renversé l'aquarium. Deux fois. »	« Elle a un rapport très personnel à l'autorité. »

Quand le parent, l'œil doux mais la mâchoire tendue, te lâche la phrase rituelle : « À la maison, il est adorable et très concentré. » Souris et réponds poliment : « Peut-être que l'école à la maison pourrait révéler tout son potentiel. » Puis inspire profondément. Ne soupire pas. Pas encore.
Certains parents arrivent détendus, d'autres avec un PowerPoint et des impressions couleur. Écoute-les t'expliquer comment enseigner, gérer la classe, différencier, évaluer, élever des humains…
Ne crie pas, ne fuis pas, active ton mode « survivant passif » :

demi-sourire + hochement lent = ninja émotionnel.

Parfois, un parent tente de devenir ton ami. Il te tutoie, te propose un barbecue samedi, t'ajoute sur Facebook avant la fin du rendez-vous. Refuse. Prétexte une « réunion syndicale urgente » ou une « réflexion sur le socle commun ». Fuis, dignement.

Étape 2 : Après la rencontre, reconquête mentale et autosoin

Sors de la salle. L'air y est trop lourd.
Retourne en salle des maîtres. Chacun est assis, un peu pâle, en train de boire un café froid comme un soldat traumatisé qui mâche un reste de madeleine.
Accorde-toi un rituel de reconstruction : fais-toi une tisane, un chocolat ou bois directement un rhum arrangé si le père de Kaylian t'a hurlé dessus pour les 7/20 de son fils (il avait répondu « 42 » à chaque question).
Tu peux aussi appeler un collègue et partager ton expérience. Ris, pleure, raconte : « Toi aussi, on t'a suggéré d'utiliser un casque antibruit pour gérer le bruit des autres élèves, parce que “c'est Léo qui est sensible” ? »

Oui. Vous êtes plusieurs.

Et c'est dans cette solidarité tremblotante que tu trouveras la force de revenir le lendemain.
Si tu survis à trois soirées de rencontres parents-profs sans fuite urinaire ni fuite dans un autre pays, tu débloqueras un badge de résistance mentale niveau 6.

Ce badge n'est pas visible.
Mais il brillera en toi.

GLOSSAIRE

ACRONYMES ET SIGLES (TROP) FRÉQUENTS ENFIN TRADUITS

AVS : Ange véritablement sous-payé (fonctionnerait parfaitement avec AESH ou Atsem s'ils étaient écrits autrement).
› Personne présente, patiente, précaire.

CPC : Conseiller pas clair.
› Le type qui dit « fais comme tu veux », mais qui te juge quand même.

PE : Parent énervé.
› Ou Prof éreinté, selon le jour.

PPMS : Plan pour paniquer même en simulation.
› Variante moderne de « on va tous mourir, mais en ordre alphabétique ».

Rased : Rien à signaler, équipe débordée.
› Dispositif d'aide qui existe surtout sur le papier.

Ulis : Un lieu idéal pour s'adapter.
› Ou, parfois, « un labyrinthe incompréhensible pour les simples ».

DICTIONNAIRE BILINGUE ENFANT → ADULTE

« **C'est pas grave** » → J'ai cassé un truc que tu aimais beaucoup, mais regarde comme je suis mignon.

« **J'ai pas fait exprès** » → J'ai complètement fait exprès mais je sens que je suis allé un poil trop loin.

« **J'ai une idée** » → Prépare le scotch, l'aspirateur et le numéro des pompiers.

« **Je t'aime** » → Je veux gratter un dessert / un écran / un câlin.

« **Regarde ce que je fais !** » → Tu n'auras plus jamais de temps pour toi.

NÉOVOCABULAIRE PARENTAL COURANT (INVENTÉ, MAIS RÉALISTE)

Cafétastrophe (n. f.) : moment de solitude où tout le monde boit son café sauf toi, parce que le tien est au micro-ondes depuis 9 h 12.

Crise-express (n. f.) : colère imprévue de type « le yaourt n'est pas accompagné de la bonne cuillère ».

Culpabiligâteau (n. m.) : gâteau fait maison à 22 h 42 pour compenser une journée de grondages, de cris ou d'écran illégal.

Invisibilistation (n. f.) : phénomène où un parent devient transparent une fois qu'il a dit « non » trois fois.

Micropause (n. f.) : laps de temps de onze secondes entre deux « mamaaaan » pendant lequel un parent envisage de fuir dans la forêt.

Parentariat (n. m.) : forme instable d'organisation familiale entre deux adultes qui se renvoient la balle (« C'est toi qui gères là ? »).

Présieste (n. f.) : phase intense de refus de dormir, marquée par des cris, des sauts et des besoins fictifs.

EXPRESSIONS ADMINISTRATIVES VS RÉALITÉ VÉCUE

« **L'école est un lieu de dialogue** » → Tu peux t'exprimer. Mais tu seras jugé·e en silence.

« **Période d'adaptation** » → Phase où tu pleures dans ta voiture pendant que ton enfant hurle dans les bras d'une inconnue.

« **Projet pédagogique** » → Une idée bienveillante qui va exiger vingt-six heures de bricolage maison.

« **Réunion d'équipe** » → Tu vas entendre « coconstruire » quatorze fois sans comprendre ce que tu dois faire concrètement.

CONCLUSION

«

LES ENFANTS,
C'EST COMME LES
ALARMES
DE VOITURE :
QUAND ÇA CRIE,
PERSONNE NE SAIT POURQUOI
ET TOUT LE MONDE
VEUT QUE
ÇA S'ARRÊTE.

»

REMERCIEMENTS

Un immense merci à toutes celles et ceux qui m'ont accompagnée dans l'écriture de ce livre. Mes anciens collègues, mes complices : Axel, Sandra, Catherine, Marie-Laure, Marguerite, Élodie, Céline, Magali, Dominic, Judith, Jonathan, Jeremy, François, Solen… Chacun et chacune de vous y a mis un grain de folie, une anecdote, un fou rire, une inspiration.

Je n'oublie pas les parents pour leur confiance indéfectible (sauf certains) et surtout les enfants qui, chaque jour, m'ont mise à rude épreuve, mais que j'aime plus que tout.

Merci aussi à la garde alternée, source inattendue de longues heures de tranquillité propices à noircir ces pages.

Merci à vous, cher lecteur et chère lectrice, d'avoir acheté ce livre et de m'avoir accordé votre confiance. C'est pour vous, vos fous rires, vos moments de découragement que j'ai écrit ces pages. J'espère de tout cœur qu'elles vous feront sourire, qu'elles vous soutiendront dans les tempêtes de la parentalité ou dans les couloirs parfois chaotiques de l'école.

Je renouvelle ici tout mon amour à mon public, fidèle et bienveillant, qui me porte depuis tant d'années. Un grand merci également aux éditions Le Robert pour leur aide précieuse, leur soutien sans faille et leur confiance renouvelée tout au long de cette aventure.

À vous maintenant de survivre… et de rire !